Hanna Dietz
Meuterei der Hormone

Zu diesem Buch

Die natürlichen Feinde der Frau sind nicht etwa Machos, Supermodels und kalorienreiche Desserts, sondern die Hormone, die mit einem machen, was sie wollen. Sagt Anna. Und die muss es wissen. Eigentlich verfolgt sie ihre Karriere als Radionachrichtensprecherin, doch plötzlich spielen die Hormone verrückt. Ihre biologische Uhr tickt. Sie will ein Baby. Jetzt. Ihr Freund Finn dagegen will noch keine Kinder und macht vom Zeugungsverweigerungsrecht Gebrauch. Da hilft es auch nicht, dass die hormongeplagte Anna ein Kondom manipuliert – das Täuschungsmanöver fliegt auf. Unterstützt von ihrer Freundin Eddy macht sie sich auf die Jagd nach einem Baby oder zumindest nach den nötigen Zutaten. Denn zum Glück gibt es in der modernen Welt noch andere Mittel und Wege, an ein Kind zu kommen – wofür frau allerdings bereit sein sollte, ihre Beziehung, ihre Karriere und Freundschaften aufs Spiel zu setzen … Rasant und mit viel Humor erzählt Hanna Dietz von Männern, die nicht wissen, was sie wollen, und Frauen, die für ein Baby vor beinahe nichts zurückschrecken.

Hanna Dietz, geboren 1969 in Bonn, studierte an der Deutschen Sporthochschule Köln. Seit 1993 arbeitet sie als freie Journalistin für Fernsehen und Hörfunk, hauptsächlich für den WDR, wo sie für verschiedenste Redaktionen (Unterhaltung, Service & Ratgeber-Magazine, Kultur, Frau TV) Film- und Radiobeiträge macht. Sie lebt in Bonn mit Mann und Sohn – letzterer entstand während ihrer Arbeit an »Meuterei der Hormone«.

Hanna Dietz

Meuterei der Hormone

Roman

Piper München Zürich

Originalausgabe
Juli 2007

Umschlaggestaltung: Cornelia Niere
Umschlagfotos: Artur Cupak/Mauritius Images (Storch)
und Anania Ross/Getty Images (Füße)
Autorenfoto: Foto Blau, Bonn
Satz: Filmsatz Schröter, München
Druck und Bindung: Clausen & Bosse, Leck
Printed in Germany ISBN 978-3-492-26210-1

www.piper.de

1 

Ich höre schlurfende Schritte auf dem Gang und das Rasseln eines Schlüsselbunds. Mit der Hand zupfe ich an meinem Haar. Wenn jetzt das Polizeifoto gemacht wird, will ich wenigstens gut aussehen. Verwegen und kämpferisch. Eine Rebellin, die unerschrocken gegen das System kämpft. Schade, dass mein Dior-Lippenstift weg ist. Mit einem Quietschen öffnet sich die Tür.

»Na, haben wir uns wieder beruhigt?«, fragt die dicke Polizistin.

»Ja, haben wir.« Ich klinge schnippisch, aber ich habe auch allen Grund dazu. Mich in die Ausnüchterungszelle zu stecken! Einfach so. Eine ganze Stunde lang! Was bilden die sich hier eigentlich ein?

»Dann kommen Sie bitte mit.«

Das Satinkleid raschelt, als ich mich von der Pritsche erhebe, der glänzende Stoff rutscht auf den Boden, die kleine Schleppe raffe ich mit der rechten Hand. Der Steinboden ist eiskalt. Irgendwie habe ich im Tumult einen Schuh verloren. Ich humpele auf dem verwaisten goldfarbenen Riemchenpumps der Uniform hinterher. Wie Cinderella, denke ich, nur dass leider kein Prinz kommen wird, um mich hier rauszuholen.

Die Polizistin setzt sich an den Computer und zeigt auf den Holzstuhl gegenüber von ihr. Ich lasse mich so würdevoll wie möglich darauf nieder und schlage die

Beine übereinander. Wenigstens bin ich gut angezogen bei meiner ersten Verhaftung. »Prada – die Freiheit nehm ich mir«, so könnte man die Modestrecke in der *Vogue* nennen. Unter meinem Bild stünde: »Die Unschuld trägt Escada«.

»Falls es Sie interessiert: Ihr Chef ist jetzt in U-Haft, bis die Vorwürfe, die Sie gegen ihn vorgebracht haben, aufgeklärt sind«, sagt die Polizistin.

»Wie?« Ich wusste gar nicht, dass ich so schrill klingen kann. Was habe ich bloß angestellt?

»Name?«

»Anna Rasche.«

»Alter?«

»Fünfunddreißig. Auf den Tag genau.« Ich seufze.

Sie starrt weiter auf den Monitor. »Glückwunsch. Beruf?«

»Nachrichtenredakteurin. Muss ich das Kleid zurückgeben?«, rutscht es mir heraus.

»Sie wissen, was Ihnen zur Last gelegt wird?«, antwortet sie ungerührt.

»Ich kann es mir denken«, murmele ich und nestele an dem zitronengelben Stoff. Er ist so kühl, so strahlend, umschmeichelt die Haut wie ein Kompliment und flüstert einem fortwährend zu, wie unwiderstehlich man ist.

»Diebstahl, Hausfriedensbruch ...«, zählt sie auf.

Ich entdecke einen hässlichen roten Fleck knapp über dem Saum. Ist das Blut? Dann ist es nicht schlimm, dass ich das Kleid nicht behalten darf. Solche Flecken kriegt man ohnehin nie wieder rausgewaschen.

»... Körperverletzung und Beleidigung«, dringt an mein Ohr. Ich sehe mich in einer Zelle kauern, eine Schale Wasser und trocken Brot vor mir, das Kleid in Fetzen, die Haare an meinen Beinen sind lang wie der Bart von Robinson Crusoe, und meine einzige Freundin ist eine Ratte, die ich mit Brotkrumen gezähmt habe und die jetzt Salto schlagen kann. Und ich hasse Ratten.

»Also dann. Wollen Sie dazu aussagen?« Die Polizistin sieht mich an.

»Ja«, sage ich. Dabei habe ich keine Ahnung, wie ich das Ganze erklären soll. Ich weiß, dass es sich lächerlich anhört, aber ich kann gar nichts dafür. Das Östrogen war's.

Die natürlichen Feinde der modernen Frau sind nämlich nicht etwa Machos, Supermodels und kalorienreiche Desserts, sondern die Hormone, die mit einem machen, was sie wollen, die einen zum Spielball ihrer Gezeiten machen, zum Gespött der Leute ...

»Wie ist es denn nun dazu gekommen?«, unterbricht mich die Polizistin. »Vitt« steht auf dem Namensschild, das an ihre Uniform geheftet ist. Sie trinkt gelassen einen Schluck aus ihrer Kaffeetasse mit dem klebrigen Lippenstiftabdruck. Das ist ihr täglich Brot: Festnahmen und Vernehmungen. Dauernd hat sie mit Verbrechern, Vollidioten und anderen komischen Vögeln zu tun. Sie kennt solche Geschichten zuhauf, also kannst du ihr ruhig erzählen, wie es war, denke ich und sage leise: »Also eigentlich wollte ich ... eigentlich wollte ich nur ein Baby.«

»Wie bitte?« Sie starrt mich mit offenem Mund an und stellt geistesabwesend ihre Kaffeetasse ab. Ich räuspere mich und sage mit fester Stimme: »Ich wollte ein Baby. Das war alles. Und dann ist die ganze Sache, nun ... irgendwie ... außer Kontrolle geraten.«

Wenigstens habe ich nicht ein Kind aus dem Krankenhaus gestohlen, will ich anfügen, lasse es aber sein, als ich sehe, wie Frau Vitt missbilligend die Augenbrauen hochzieht und beginnt, meine Aussage in die Tastatur zu tippen. Sie hat ja recht. Es ist auch so schon schlimm genug. Meine Güte, wie hatte es nur so weit kommen können? Dabei hatte alles ganz harmlos angefangen. Es war sogar ein besonders schöner Tag gewesen, damals, Ende April. Ich erinnere mich noch ganz genau …

2 

»Bei einem Feuer in der Kölner Innenstadt wurden gestern Nacht drei Menschen zum Teil schwer verletzt. Wie die Feuerwehr mitteilte, hatte ein defektes Kabel den Brand ausgelöst …«

Meine Stimme klang besonders angenehm heute, fand ich. Über Kopfhörer hatte ich mich schon immer gern gehört, ich klang so seriös, vertrauensvoll und sexy. Ich las auch noch die restlichen Nachrichten ohne einen einzigen Versprecher, spielte das Wetter-Jingle ab und schob den Regler auf, damit unser Wetterfrosch die Vorhersage aus seinem Heimstudio machen konnte. Als ich um fünf nach fünf aus dem Studio kam, winkte mir Fiona von ihrem Schreibtisch am anderen Ende des Großraumbüros zu.

»Klasse gemacht!«, rief sie nuschelnd mit dem Mund voller Gummibärchen, und auch der Chefredakteur zeigte Daumen hoch, als ich an der Scheibe seines Büros vorbeiging. Beifall von Karl Gustav Gustav! Der Mann war genauso beknackt wie sein Name, und Lob kam ihm äußerst selten über die Lippen. Also war es heute wirklich perfekt gelaufen. Beschwingt lief ich zum Kaffeeautomaten und machte mir einen Cappuccino. Die zehn Minuten nach der Sendung waren die einzige Möglichkeit, sich während der Nachrichtenschicht zu entspannen. Ich betrachtete den Milchschaum, der in die Tasse tropfte, als gäbe es nichts anderes auf der Welt.

»Hey, Anna«, sagte Bernd und stellte sich – wie immer ein wenig zu nah – neben mich. Bernd Willbert war der Redakteur für die Mittagsendung, ein kleiner Mann mit Halbglatze und einer endlosen Anzahl von braunen Polo-Shirts. Besonders gerne erklärte er den Praktikantinnen und Volontärinnen die Studiotechnik, weil er in den engen Kabinen auf Tuchfühlung gehen konnte. Ich hatte ihn von Anfang an nicht gemocht.

»Was Gus-Gus wohl von uns will?«, fragte er und schlürfte seinen Kaffee. Für sechs Uhr hatte der Chefredakteur, dem wir schon eine Fülle von Spitznamen verpasst hatten, eine Stehkonferenz angesetzt. Ich zuckte mit den Schultern und nippte an meinem Cappuccino, damit ich nicht antworten musste.

»Na ja, *die* wird es wissen.« Er begaffte Jasmin, die ihre blonde Mähne zurückwarf, während sie mal wieder lachend aus dem Chef-Büro kam. Irgendwie kam sie mir dicker vor. Aber Jasmin, haben wir etwa zu tief ins Erdnussbuttertöpfchen geschaut?, lästerte ich in Gedanken, stellte dann aber mit Bedauern fest, dass es wahrscheinlich nur an dem unvorteilhaften Wickelkleid lag, das sie trug.

»Solange er nicht wieder von seiner Zeit als Korrespondent in New York erzählt, ist doch alles in Butter«, sagte ich zu Bernd, der die Augen nicht von Jasmin abwenden konnte. Ich nahm meine Tasse mit zum Schreibtisch. Es war zwanzig nach und höchste Zeit, die neuesten Nachrichten der Agenturen zu checken, ob was für uns dabei war. Es war was dabei. Ein Autounfall in Porz, irgendein wichtiges Blabla vom Kölner Oberbürgermeister, und die Nachrichtenminute unserer freien Mitarbeiterin musste auch noch geschnitten werden.

Bald war es zwanzig vor sechs, und eine neue Meldung

erschien auf meinem Bildschirm, die in die Nachrichten musste. Ich tippte in Windeseile den Text, wie wurde noch mal Meteorologie geschrieben?, schnell den Duden, ach nee, den hatte mal wieder jemand geklaut. Ich wollte gerade Fiona fragen, aber die telefonierte. Plötzlich stand der Chef vor meinem Schreibtisch und legte mir einen Zettel auf die Tastatur.

»Muss in die Sechsuhrnachrichten«, lautete der knappe Befehl.

Ich überflog den Text, irgendeine Umfrage zur Lebensqualität in Köln, ich entdeckte einige grammatikalische Fehler, zwölf Minuten vor sechs, jetzt aber schnell. Mein Telefon klingelte, und während ich eine korrigierte Fassung schrieb, ging ich dran.

»Radio Injection, Rasche, guten Tag.«

»Hallo Anna, ich bin's, Mama.« Typisch. Sie rief immer im unpassendsten Moment an. Ich hörte nur mit halbem Ohr zu.

»Also an diesen englischen Namen eures Radiosenders kann ich mich nicht gewöhnen. Wieso heißt ihr nicht immer noch Kölner Welle?«

Ich hatte ihr schon tausendmal erklärt, dass das eine Idee von Gus-Gus gewesen war, und Ideen von ihm durften niemals kritisiert werden, wenn man an seinem Job hing.

»Mama, ich hab echt keine Zeit.«

»Das hast du doch nie«, meinte sie, »dabei ist es total dringend.«

»Ich mach gleich die Nachrichten. Ich ruf dich später an.«

»Aber …«

Ungeachtet ihres Protests legte ich auf. Fast hätte ich vergessen, den Beitrag der freien Mitarbeiterin zu kürzen.

Fünfzehn Sekunden vor Nachrichtenbeginn war ich im Studio, zog den Kopfhörer über, und als das Rotlicht erschien, war ich voll da, las seriös meine Nachrichten, es hatte mal wieder alles hingehauen, Profiarbeit eben.

Ich gesellte mich zu den anderen in den Konferenzraum. Der Chef kam wie immer als Letzter und zwängte seine zwei Meter und hundertvierzig Kilo Lebendgewicht durch die engen Reihen. Sein rotes Gesicht schwebte über die Köpfe hinweg wie ein Reklame-Luftballon. Er fing wie jedes Mal schon an zu reden, bevor er seinen Platz erreicht hatte, und kleine Speicheltröpfchen nieselten auf die Mitarbeiter, die sich unvorsichtigerweise zu nahe an den Gang gesetzt hatten.

»Kollegen!« Sein Organ dröhnte durch den Raum.

»Wenn *er* moderieren würde, bräuchten die Leute keine Radios«, flüsterte mir Fiona zu, »sie würden ihn durch die Fenster hören.« Ich kicherte und nahm was von dem Russischbrot, das sie mir anbot.

»Es gibt gute Neuigkeiten!«, polterte Gus-Gus weiter. Da er jede Rede so anfing, egal ob Stellen abgebaut wurden oder er eine Sendung in Grund und Boden kritisierte, atmete niemand im Raum auf.

»Die Einschaltquoten sind da – und die Nominierungen für den deutschen Nachrichtenpreis auch. Und was soll ich sagen?«, grinste der Chef.

»Ich räume den Chefsessel und werde Krabbenfischer«, murmelte Fiona, aber ich reagierte nicht darauf. Der Nachrichtenpreis! Seit Jahren wollten wir ihn gewinnen, jedes Jahr wurde ein Sieg bei den Nachrichtenawards vom Vorstand als Wunschziel definiert!

Ich träumte schon seit meinen Anfängen beim Radio davon, in einem todschicken Designer-Kleid den Preis aus den Händen von Steffen Seibert entgegenzunehmen. Ich hatte mir auch schon Gedanken über die Dankesrede gemacht, in der ich meine Professorin aus dem Nachrichtenseminar loben würde, die mich die Faszination der schnellen Information gelehrt hatte, ich würde meine Eltern nicht unerwähnt lassen und am Schluss mit einer zu Herzen gehenden Liebeserklärung an meinen Freund und Lebensgefährten, meinen geliebten Finn, die Augen des Publikums im Saal und an den Fernsehgeräten feucht werden lassen. Ganz zu schweigen von Finn, der sich seiner Tränen ausnahmsweise nicht schämen würde, obwohl die Fernsehkameras ganz nah auf ihm hängen würden.

Steffen Seibert würde mir begehrliche Blicke zuwerfen und mir mit heißem Atem zuflüstern, wie schade es sei, dass ich in festen Händen sei. Ich würde ihm tief in die Augen blicken und ihm zu verstehen geben, vielleicht in einem anderen Leben, ja dann ganz bestimmt. Und dann würde ich mich mit Champagner betrinken, Interviews für »RTL Exclusiv« und die *Gala* geben, Kontakte zu den großen Sendern knüpfen, vielleicht wäre auch ein Fernsehkanal dabei. Ich würde den gläsernen Pokal den ganzen Abend nicht mehr aus den Händen legen, außer, um mit Finn eine heiße Sohle aufs Parkett zu legen, während die anderen Gäste einen Kreis um uns bilden und uns bewundern würden.

»Also«, dröhnte Gus-Gus, und seine Wangen nahmen den tiefroten Ton des Hypertonikers kurz vor dem Kollaps an. Er zog einen Zettel aus dem Stapel, den er mitgebracht hatte.

Ich betrachtete meine Kollegen aus der Nachrichtenredaktion. Da war Stefan Sollderbach, Mitte zwanzig erst, aber erstaunlich ernsthaft, sehr ruhig, sehr verlässlich, humorlos, aber mit dem richtigen Gespür für Nachrichten. Seriös auf dem Sender. Ein guter Mann. Da ihm kein Abendkleid stand, war klar, dass ich den Preis entgegennehmen würde.

Obwohl ... da war ja auch noch Jasmin, die erst vor einem halben Jahr dazugestoßen war. Sie wäre eine Klischee-Blondine mit ellenlangen Beinen und tief ausgeschnittenem Dekolleté gewesen, hätte sie nichts auf dem Kasten gehabt. Leider hatte sie das. Sie machte ihre Sache ordentlich, das musste ich zähneknirschend zugeben. Ich war ja nicht stutenbissig, nein, solch niederen Instinkte waren was für Tussen und meine Schwester Sandra. Trotz ihrer siebenunddreißig Jahre hatte Jasmin die jugendliche Ausstrahlung einer Abiturientin, was eine explosive Mischung aus Naivität und Kompetenz ergab, die fast jeden Mann – aber auf jeden Fall alle Frauen im Raum (außer mir natürlich!) – um den Verstand brachte. Zu allem Überfluss hatte sich Jasmin von Anfang an blendend mit dem Chefredakteur verstanden.

Auch heute saß sie wieder direkt neben ihm, ein eigentümliches Strahlen ging von ihrem Gesicht aus. Was sollte das? Wusste sie etwa schon Bescheid? War sie auserwählt, den Preis entgegenzunehmen? Die blonden Frauen standen ja immer im Mittelpunkt, bei Filmplakaten zum Beispiel lächelten die Blondinen immer vom Zentrum des Geschehens aus, daneben grienten die Rothaarigen, und die Brünetten verrenkten sich den Hals hinten links, um auch noch gesehen zu werden. Aber Moment! Wie war das noch mal bei »Desperate Housewives«? Stand da nicht die dunkelhaarige Teri Hatcher in der Mitte?

»Die sensationellen Einschaltquoten, die wir im letzten Quartal besonders am Nachmittag erzielt haben, konnte die Jury nicht ignorieren. Wir sind dabei! Wir sind nominiert!«, verkündete Gus-Gus voller Stolz.

Eine Welle der Erregung schwappte durch mich hindurch, mit offenem Mund strahlte ich Fiona an, die mich vor Freude in die Seite knuffte. Die Mitarbeiter fingen an zu klatschen. Gus-Gus strahlte wie ein Weihnachtsmann mit Tausendwattbeleuchtung. Er legte Jasmin vertraulich die Hand auf die Schulter. Sie klatschte nicht mit, fiel mir plötzlich auf, und ich stoppte ebenfalls meinen Applaus, schließlich war ich ja mit für diesen Erfolg verantwortlich.

»Ein großes Lob an unsere Crew, die dies – natürlich unter meiner professionellen und fundierten Führung – mit ihrer Leistung möglich gemacht hat. Und ich bin mir sicher, dass wir am 14. September den News Award gewinnen werden.«

Alle klatschten erneut los.

»Aber …«, hier nahm er seine Lesebrille von der Nase und hielt sie wie das olympische Feuer vor sich, »… das Nachrichtenteam muss – und kann! – sich noch steigern. Das ist kein Problem, wenn es sich an meine Ideen und meine Intuition hält. Denn, wie Sie wissen, in meiner Zeit als Korrespondent in New York …«

Er pulte sich mit dem Brillenbügel im Ohr, während er den üblichen Sermon über seine Zeit in Manhattan abließ.

Fiona flüsterte: »Mann, Anna, das ist ja klasse! Das wäre aber ein schönes Geburtstagsgeschenk für dich, was?«

»Das kannst du laut sagen«, meinte ich. Allein weil ich am 14. September Geburtstag hatte, war es doch wohl klar, dass ich den Preis entgegennehmen dürfte! Ich wäre – wie die meisten Mitarbeiter – am liebsten vor dem endlosen Gelaber von Gus-Gus geflüchtet, schließlich hatte ich noch eine Nachrichtensendung zu machen, da bemerkte er die Aufbruchstimmung und hielt uns zurück.

»Ich habe noch eine erfreuliche Mitteilung zu machen.«

Jasmin warf ihre Haare zurück. Das konnte nichts Gutes bedeuten. Vielleicht würde sie seine Stellvertreterin. Oder das Aushängeschild des Senders, und bald wäre die Stadt gepflastert mit ihrem Konterfei, und wenn die Leute bei uns anriefen, wollten sie immer nur Jasmin sprechen, und ...

»Unsere Jasmin bekommt ein Baby!«, jubelte Gus-Gus.

Mir fiel ein Stein vom Herzen. Wenn's weiter nichts war! Bald wäre sie weg vom Fenster, Babypause, bei der Preisverleihung würde sie sich im Kreißsaal die Lunge aus dem Hals schreien, Steffen Seibert, ich komme! Ich grinste Fiona an, der ein R-Keks im Hals steckengeblieben war. Sie fing an zu husten.

»Was ist?«, flüsterte ich.

»Mann, das hat uns gerade noch gefehlt«, wisperte sie und machte eine Kopfbewegung zu Jasmin, die bereits von unseren Kollegen umringt wurde. Gus-Gus blickte so stolz, als hätte er ein Heilmittel gegen Krebs entdeckt, und ein allgemeines »Ah!« und »Oh!« war im Gange. Dazwischen hörte ich Jasmin mit affektiertem Lachen, das sie sicher selbst für glockenhell hielt, über die Niederkunft, das Geschlecht und die Namenssuche Auskunft geben.

»Hast du gehört?«, fragte Fiona. »Sie kriegt das Baby im Oktober!«

»Oh«, entfuhr es mir. Das würde ein harter Kampf um die Preisverleihung werden. Geburtstagskind gegen werdende Mutter! Vielleicht wird es eine Frühgeburt, dachte ich grimmig. Bernd quetschte sich an uns vorbei.

»Noch eine von diesen alten Müttern, denen das Kind jegliche Spannkraft aus den Titten saugt«, motzte er.

Fiona sah ihm hinterher. »Der ist doch nur sauer, dass sie ihn nicht rangelassen hat.«

Ich ging zu meinem Schreibtisch und sortierte meine Nachrichten in die richtige Reihenfolge. Natürlich wollte auch ich Kinder und Finn ebenfalls, das war eine klare Sache, das hatten wir schon vor Jahren ausgemacht: Wir gründen eine Familie. Später. Denn mir war klar, dass ich erst mal meine Karriere vorantreiben wollte.

Ich wollte keines dieser Hausmütterchen sein, die ihre Kinder vorschoben, um sich nicht dem Berufsleben stellen zu müssen, die sich in Babysprache unterhielten, alte Sweatshirts mit Breiflecken trugen und seit Jahren keine Kosmetikerin oder wenigstens einen ordentlichen Frisör zu Gesicht bekommen hatten. Mütter hatten keine Ahnung, was in der Welt vor sich ging, es sei denn, es handelte sich um eine neue Windelsorte oder Mittel gegen Blähungen.

Man konnte doch nicht so früh alles hinwerfen und sich nur noch der Kinderaufzucht widmen! Dafür gab es viel zu viele schöne Sachen, die man verpasste. Shoppingtour im Designer-Outlet, ein Liebeswochenende in Paris oder London, Prag oder Rom. Kino, Theater, Partys inklusive Ausschlafen am nächsten Tag und Frühstück im Bett. Im Job hatte ich alle Freiheiten, bekam sogar die Sahnestückchen der Berichterstattung, weil ich alle Termine wahrnehmen konnte. Ich hatte Interviews machen dürfen mit Prominenten, hatte sogar einmal Mel Gibson gesehen, auf einer Kino-Premiere! Und jetzt würde ich den Nachrichtenpreis gewinnen, wenn ich mich anstrengte. Völlig egal, ob Jasmin mit Elefantenbabybauch danebenstehen würde, ich wäre Trägerin eines der begehrtesten

Preise in der Branche, und wenn ich später im Gespräch wäre für die Tagesthemen-Moderation, würde mir das den entscheidenden Vorsprung vor den anderen Bewerberinnen bringen. Und dann konnte ich mich immer noch um die Familiengründung kümmern.

3

Ich brannte darauf, Finn die Neuigkeit zu überbringen. Die Tüten mit dem Einkauf stellte ich in den Flur, legte die Post ab, die ich mir zwischen die Zähne geklemmt hatte, und hing meine Jacke auf.

»Finn?«, rief ich. Ein dumpfer Schlag drang aus dem Wohnzimmer, weitere Kampfgeräusche folgten. Das Übliche also. Ich öffnete die Tür. Finn taumelte mit halbgeschlossenen Augen durch das Wohnzimmer, auf dessen Boden Videokassetten und DVDs verstreut lagen. Hasi saß wie immer plump auf dem Sofa und schlürfte einen Fitnessdrink, Benno hielt ein imaginäres Mikrofon in der Hand und imitierte einen Reporter. »Rocky ist schwer angeschlagen von den harten Schlägen seines Gegners. Benommen taumelt er in die Ringecke.«

Finn entdeckte mich und rief theatralisch: »Ädriääään, Ädriäään!«, während er auf mich zustürzte.

»Rocky hat durch seine zugeschwollenen Augen seine Frau entdeckt, und nichts kann ihn davon abhalten, zu ihr zu gehen!«, kommentierte Benno.

Finn gab mir einen Kuss. »Hallo, Süße.«

»Na, du arbeitest ja mal wieder sehr hart an deinem Drehbuch«, stellte ich fest.

»Falscher Text«, grinste er mich an. »Du musst sagen: Rocky, ich möchte, dass du eine Sache für mich tust.«

»Und das wäre?«, gab ich ungerührt zurück.

»Gewinne! Gewinne für mich!«, hauchte er, gab mir noch einen Kuss und gesellte sich wieder zu seinen Kumpels.

Finn hatte sich in den Kopf gesetzt, dass Fitnesstrainer nicht mehr der richtige Job für ihn war. Drehbuchautor wollte er werden, was er vor allem zum Anlass nahm, weniger im Fitnessstudio zu jobben und mehr zu Hause rumzuhängen. Hasi und Benno leisteten ihm für meinen Geschmack etwas zu oft Gesellschaft dabei. Da Finn mir nie was zu lesen gab, wusste ich nicht, wie weit er war. Ich hatte den Verdacht, dass es nicht allzu viel war, was er bisher zu Papier gebracht hatte. Ein paar Mal hatte ich versucht, die Ernsthaftigkeit seines Projekts zu überprüfen, aber er war mir ausgewichen.

Ich ging in die Küche und machte als Erstes die Kaffeemaschine aus, ein kläglicher Rest braune Brühe schwamm in der heißen Kanne, wahrscheinlich lief die Maschine seit Finns Frühstück. Die eingekauften Lebensmittel verteilte ich auf dem Tisch. Rucola, Parmesan, eine Flasche Chianti. Heute wollten wir uns einen schönen Abend zu zweit machen. Ich freute mich auf Pasta und Wein und anregende Gespräche über meine zukünftigen Erfolge. Vielleicht würde ich ihm auch ein bisschen auf den Zahn fühlen, geschickt, versteht sich, nach dem Motto: Wie stell ich mir meine berufliche Zukunft vor, und – ganz beiläufig – wie du?

Ich befreite den Tisch von den Brötchenkrümeln, schmiss Hasis leere Molkedrink-Becher in den gelben Sack und fischte Kronkorken aus dem Papiermüll. Finn würde es nie lernen. Mir fiel ein, dass ich meine Mutter anrufen musste, wollte ich mir nicht wieder endlose Vorwürfe über mein Pflichtbewusstsein anhören, das sie stets für verbesserungswürdig hielt. Der Geburtstag der kleinen Sophie stand an, die Großtante meiner Mutter, die deswegen »klein« hieß, weil sie mit jedem Jahr weiter schrumpfte. Da sie bald ihr zweiundneunzigstes Lebensjahr vollenden würde und immer noch quietschfidel war, würde man den Beinamen eventuell bald in »winzig« ändern müssen. Wahrscheinlich wollte meine Mutter wissen, was wir ihr schenken wollten, wann wir kämen und so weiter. Vielleicht würde sie mich auch fragen, ob ich nicht wieder vor versammelter Gratulantenschar ein Gedicht vortragen könne, das sie wie immer aus ihrer Sammlung zweitklassiger Poesie ausgewählt hätte, ein Akt der Zurschaustellung von Intellektualität, das sie als SPD-Ortsmitglied für einen Beitrag zum Wahlkampf hielt. Während ich den Hibiskus goss, der in voller Blütenpracht erstrahlte, wählte ich die Nummer meiner Eltern.

»So, Mama, jetzt hab ich Zeit«, sagte ich.

»Tag, Kindchen, endlich.«

Ich spürte, dass sie fast platzte vor Aufregung, ihre Stimme vibrierte, war ein Hochdruckgebiet, das darauf brannte, Sonnenstrahlen zu verbreiten im dunklen Tal der Ahnungslosen.

»Deine Schwester …«

Ich wusste es, bevor sie es aussprach.

»… deine kleine Schwester ist …«

Das durfte doch nicht wahr sein!

»… wieder schwanger!«

Was war nur los? War heute der internationale Tag der Fruchtbarkeit?

»Ist das nicht toll? Der Papa ist ganz aus dem Häuschen«, drängte meine Mutter.

Wie schön. Freu dich für sie. Du *musst* dich freuen, los jetzt.

»Ja, das ist toll, wirklich, super, also ganz klasse, ich freu mich, echt prima, sehr schön«, sagte ich, zu schnell, zu schrill. Als Ablenkung von meiner gespielten Begeisterung rasselte ich die üblichen Fragen herunter: »Wann ist es denn soweit? Und wissen sie, was es wird? Gibt es schon einen Namen?«

Meine Mutter leierte wohlintoniert die Auskünfte herunter, und ich begann mich zu fragen, der wievielte auf der Liste der Einzuweihenden ich heute war. Ihre Antwort klang wie eine einstudierte Wahlkampfrede, mit kleinen Witzchen über sie als jung gebliebene Großmutter und die Rentenkasse, die ihre Tochter fleißig füllte. Als sie bei der allgemeinen Lobhudelei auf Kinder als wichtigstes Gut der Gesellschaft angekommen war, platzte mir der Kragen. »Du kannst jetzt aufhören, Mama, ich mach mein Kreuz immer an der richtigen Stelle auf dem Wahlzettel.«

Meine Mutter holte tief Luft und schärfte ihre Stimme wie einen Speer. »Und was ist mit dir?«

Peng! Genauso gut hätte sie Stockhiebe verteilen können. Diese Frage war die Geißel der unverheirateten, kinderlosen Frauen. Ich wollte nicht wissen, um wie viel schlimmer sie für Singles war! Wenigstens war ich das nicht. Gott sei Dank. Ich hatte Finn. Wir führten eine tolle Beziehung. Bei uns war alles in bester Ordnung. Wir würden heiraten, Kinder kriegen und unsere Eltern zu glücklichen Omas und Opas machen. Später.

»Was soll mit mir sein?«, tat ich ahnungslos.

»Na, du wirst auch nicht jünger.«

Gut, das stimmte natürlich, aber ich hatte absolut keine Lust, meiner Mutter zu erklären, dass man heutzutage viel länger jugendlich sein durfte als früher. Es war Zeit für die Kapitulation, sonst würde sie mir noch wer weiß wie lange auf die Nerven gehen.

»Ich weiß, Mama, ich weiß«, seufzte ich, »aber wir suchen doch immer noch eine größere Wohnung.« Das stimmte. Wir hatten mal davon gesprochen, dass wir bald mehr als zwei Zimmer bräuchten. Wegen eines richtigen Arbeitszimmers für Finn, hatten wir gesagt, und nur ganz kurz war mir der Gedanke gekommen, es könnte vielleicht auch ein Kinderzimmer werden. Meine Mutter gab sich vorerst mit meiner Antwort zufrieden.

»Ihr kommt doch zur kleinen Sophie, oder, ich meine, ihr *beide*?«

»Ja, sicher, wieso fragst du?«

»Na, dass *du* kommst, das hab ich mir schon gedacht. Ich wollte wissen, ob Finn es auch mal schafft.«

»Natürlich kommt er, Mama«, antwortete ich, etwas zu engagiert.

»Dann ist ja gut.«

Das war es also. Meine perfekte kleine Schwester schenkte meinen Eltern ein perfektes zweites Enkelkind. Und das mit neunundzwanzig! Warum hielt sie sich nicht an die Regeln? Die Regel war doch, dass die ältere Schwester zuerst Kinder bekam! Blöde Sandra, ätzende Streberin, hatte sich schon immer bei unseren Eltern eingeschleimt.

Finn kam in die Küche. Hansi und Bruno waren offenbar gegangen.

»Rate mal, was passiert ist«, forderte ich ihn auf.

»Der 1. FC Köln hat Figo gekauft?«, antwortete er und holte sich einen Schokoriegel aus dem Schrank.

»Meine Schwester …«, ich legte eine Kunstpause ein, um die Spannung zu steigern, »… ist schon wieder schwanger.«

»Echt?«, sagte er teilnahmslos, biss in das Snickers und nahm sich den Sportteil der Zeitung.

»Ist doch wohl krass. Schon wieder! Wann will die eigentlich in den Job einsteigen, kannst du mir das mal sagen?«

»Muss sie ja nicht. Konrad verdient doch genug Kohle.«

Der Artikel fesselte seine ganze Aufmerksamkeit. Wenn es etwas gab, was mich rasend machte, dann, wenn niemand meine Empörung teilte. Man kann alleine lachen, man kann alleine trauern, aber man kann sich nicht alleine empören. Empörung braucht einen Partner, sie ist wie ein Papagei im Käfig, der eingeht, wenn er alleingelassen wird. Verpuffte Empörung verwandelt sich in nagenden Ärger über zwei Dinge: über den Grund für die Empörung selbst – und über denjenigen, den diese Sache unverschämterweise kalt gelassen hat.

»Hast du zufällig bei dem Makler wegen dieser Wohnung angerufen?« Ich versuchte, den ätzenden Unterton hinter einem Lächeln zu verbergen.

»Wie bitte? Ach, hab ich vergessen«, murmelte er und blätterte die Seite um, »aber ich hab heute vier Stunden an meinem Drehbuch gearbeitet! Super, was?«

»Toll, wirklich«, presste ich hervor, ließ Wasser in den Nudeltopf laufen und versuchte, ruhig zu bleiben. »Soll ich dir mal sagen, was ich heute alles gemacht habe?«

»Hm?«

»Ich war neun Stunden im Sender, habe eingekauft und deinen Anzug aus der Reinigung geholt.« Ich wartete auf ein entzücktes Dankeschön. Vergeblich.

»Hm. Prima«, murmelte er.

»Morgen ist der Geburtstag der kleinen Sophie, um zwei Uhr geht es los.«

»Morgen? Nee, da kann ich nicht.« Er hob noch nicht einmal den Blick von der Zeitung.

»Was? Wieso nicht?«

»Ich geh mit Benno zum Eishockey.«

»Aber Finn! Sie wird zweiundneunzig. Du hast gesagt, dass du mitkommst!«

»Wann hab ich das gesagt? Mann, die Haie sind in den Playoffs! Da kann ich wirklich nicht fehlen.« Er stand auf. »Ich bin dann weg.«

»Wie – weg? Ich dachte, wir machen uns einen netten Abend, nur wir zwei.«

»Oh, Süße, entschuldige, hab ich dir nicht gesagt, dass ich heute zum Box-Training gehe?«

Als die Wohnungstür knallte, fiel mir ein, dass ich ganz vergessen hatte, ihm zu sagen, dass ich für den Nachrichtenpreis nominiert war.

4 

Ich war auf dem Weg in die Stadt. Bevor ich ins Altersheim fahren würde, wollte ich noch ein Geschenk für Kerstin besorgen, eine alte Schulfreundin, die am nächsten Tag einen Geburtstagsbrunch veranstaltete, zu dem meine beste Freundin Eddy und ich eingeladen waren. Ich hatte angeboten, mich um das Geschenk zu kümmern. Beim letzten Mal hatte Eddy für die zweifache Mutter einen Vibrator mit den Ausmaßen eines Hengstpenis gekauft.

»Na und? Sie wird wahrscheinlich ein bisschen mehr Input brauchen, jetzt«, hatte sie gemeint.

»Edwina«, hatte ich sie gespielt streng gerügt, »das hast du hoffentlich nicht auf die Karte geschrieben!«

Weil sie mich so komisch ansah, hatte ich die Glückwunschkarte in den nächsten Mülleimer geschmissen und stattdessen ein paar Blumen gekauft.

»Wie spießig«, hatte Eddy naserümpfend gesagt, »über mein Geschenk hätte sie sich sicher mehr gefreut.«

Den Vibrator hatte sie selbst behalten, für ihre Sammlung.

Ich hatte noch genug Zeit bis zu Sophies Feier und wollte mir noch etwas gönnen, vielleicht einen neuen Blazer oder eine Gesichtsmaske, irgendwas, das mich richtig gut aussehen ließ. Niemand sollte denken, mir würde irgendetwas fehlen oder ich wäre vielleicht neidisch auf meine Schwester. Alle sollten sagen, ach, Anna, dir geht es blendend, das sieht man dir an.

In der Bücherabteilung studierte ich die Bestsellerliste. Ein Buch vom Dalai Lama führte sie an. »Der Weg zum Glück«, das hörte sich gut an. Und da Kerstin immer extrem gestresst war, wenn ich mit ihr sprach, griff ich zu. Und selbst wenn es ihr nicht gefiele, gegen den Dalai Lama konnte sie nichts sagen. Das wäre wie lästern über Manolo Blahnik.

Ich erstand also das unfehlbare Geschenk und schlenderte durch das Kaufhaus. In der Schmuckabteilung gab es ein paar schöne Ketten, ich wühlte ein bisschen in der Dessousabteilung, ließ mir Parfüm aufsprühen, probierte ein paar Blazer an und schaute bei den Abendkleidern vorbei, um zu sehen, ob was für meinen großen Auftritt im September dabei war. Es war nicht voll, und ich ließ mich im Meer des Konsums treiben, das wohltemperiert und friedlich vor mir lag wie eine strahlend blaue Südseelagune.

»Kann ich Ihnen helfen?« Der Verkäufer glupschte mich an wie ein Kugelfisch. »Wie alt ist Ihre Tochter denn?« Er deutete auf den rosa Strampler, den ich in Händen hielt. Ich sah mich um und stellte fest, dass ich in der Babyabteilung gestrandet war. Mein Mund klappte auf und zu. Ich war doch eben noch in den Gängen mit der Bettwäsche gewesen?

»Äh«, sagte ich, und die Kompetenz wollte kein Ende nehmen, »ich weiß nicht.«

Er sah mich merkwürdig an, als ich fluchtartig die Abteilung verließ, ich wusste, dass mich das verdächtig machte, dass ich mich aufführte wie eine Ladendiebin, aber irgendwie fühlte ich mich auch ertappt.

Im gläsernen Saal des exklusiven Seniorenstifts waren schon alle versammelt. Großtante Sophie thronte auf ihrem elektrischen Rollstuhl mit ihrem Yorkshire-Terrier Bingo auf dem Schoß und nahm die Gratulationen von Familie, Freunden und Mitbewohnern entgegen. Meine Schwester machte gerade einen Knicks vor ihr, war das zu fassen, als begrüße sie Queen Mum! Sandra hatte die Haare hochgesteckt wie zum Staatsempfang und trug ein biederes Samtkleid in Nachtblau, das sich am Bauch wölbte. An der Hand führte sie die kleine Michelle Chantal mit den Shirley-Temple-Locken, die eine Miniatur-Kopie von Sandras Samtkleid anhatte, dazu himmelblaue Sandalen.

Mir wurde schlecht. Das war ja wie eine Szene aus »Die Erbschleicher«. Mein Schwager Konrad, ein blasser Mann, so gewöhnlich wie Raufasertapete, steckte in einem schicken, etwas zu großen Anzug und hatte seine Lieblingskrawatte an, die mit der Klaviertastatur drauf, ein Dessin, das in seiner Hässlichkeit nur noch vom Bugs-Bunny-Motiv übertroffen werden konnte. Er hatte sich so gründlich rasiert, dass man sich in seinen Wangen spiegeln konnte.

Mein Vater stand direkt neben ihm, überragte ihn um Haupteslänge, er hatte den unvermeidlichen Anzug an, staubgrau, der ihm seit über dreißig Jahren passte, wie er oft und gern betonte. Seine Fliege war ebenfalls staubgrau, genau wie die Weste. Sein volles, aber schlohweißes Haar vollendete perfekt sein humanistisches Erscheinungsbild – die klassische Ausgabe des Latein- und Griechischlehrers. Er nickte aufmerksam, während Konrad ihm irgendwas erzählte, dabei zuckten seine Mundwinkel, als höre er einen eifrigen Schüler Vokabeln ab. Wahrscheinlich ließ sich mein Vater wieder von dem Gesülze über irgendwelche Geldanlagen beeindrucken. Meine Mutter konnte ich gerade nicht entdecken, sicher organisierte sie irgendwas.

Ich näherte mich der Jubilarin, die mir zuzwinkerte, während ihr einer ihrer betagten Verehrer einen Strauß Rosen überreichte. Meine Schwester sah mich, ich winkte und bedeutete ihr, dass ich erst mal die kleine Sophie begrüßen wollte.

»Alles Gute zum Geburtstag«, sagte ich, zeigte ihr meine Geschenke, eine Flasche Bombay Sapphire Gin und einen Stapel Klatschmagazine, und legte sie auf den Tisch neben ihr.

»Das erste nützliche Präsent«, murmelte sie, und ihre blauen Augen strahlten. Ihre Haut sah aus wie zerknautschtes Pergament, ihre blaugeäderte, knochige Hand fühlte sich kühl an, als sie mir über die Wange strich.

»Geht's dir gut, mein Schatz?«, fragte sie.

»Ja«, antwortete ich. »Finn lässt dir alles Gute ausrichten, er konnte leider nicht kommen.«

»Er hat bestimmt einen wichtigen Termin?«, lächelte sie.

»Eishockey-Playoffs«, flüsterte ich, »aber sag's keinem weiter.« Ich deutete auf den Rest meiner Familie, und Sophie nickte verständnisvoll.

»Aber wir kommen dich bald wieder besuchen«, sagte ich und machte Platz für den nächsten Gast, der ebenfalls seine Glückwünsche loswerden wollte.

»Hast du mir nicht schon gratuliert?«, hörte ich Sophie krächzen.

Ich ging zu meiner Schwester, die gerade an einem Wasser nippte, und umarmte sie. »Ja, dann, auch dir einen herzlichen Glückwunsch. Mama hat's mir erzählt«, sagte ich. Sie lächelte zufrieden, ihr Tonfall war jovial.

»Wir wollten nicht so viel Abstand zwischen den beiden Kindern, weißt du, es ist ja erwiesen, dass Kinder sich dann besser entwickeln.« Mein Vater näherte sich, und Sandra beeilte sich hinzuzufügen: »Außerdem sollen unsere Kinder noch so viel Zeit wie möglich mit Mama und Papa verbringen. Die Großeltern sind sehr wichtige Bezugspersonen, das darf man nicht vergessen.«

Mein Vater legte den Arm um ihre Schulter und gab ihr einen Kuss auf die Wange. Dann begrüßte er mich mit einer – wie ich immer fand – etwas unbeholfenen Umarmung. Er blickte sich demonstrativ um, als suche er jemanden.

»Wo ist er denn?« Er klang, als wolle er mir eine Sechs aufschreiben wegen nicht erbrachter Leistung.

»Finn wäre sehr gerne gekommen, hatte aber einen wichtigen Termin wegen seines Drehbuchs«, sagte ich.

»Hat er es etwa verkauft?« Seine buschigen weißen Augenbrauen hoben sich wie die Schranke vor einem Bahnübergang.

»Nein.« Die Schranke schnellte hinunter. Er hat es ja noch nicht mal fertig, fügte ich in Gedanken hinzu.

»Ah, Anna, da bist du ja«, hörte ich meine Mutter. Sie hatte mal wieder den geschäftigen Tonfall der Managerin-für-alles drauf. Sie umarmte mich – dann hielt sie mich auf eine Armlänge Abstand und stellte fest: »Blass bist du. Geht's dir gut? Wo ist Finn?«

»Er hat einen wichtigen Termin wegen seines Drehbuchs«, antwortete mein Vater für mich und warf seiner Frau einen vielsagenden Blick zu.

»Mit seinem Lektor«, log ich.

»Ach ja? Na, Hauptsache, es wird was draus«, fügte meine Mutter hinzu.

Ich erzählte schnell, dass ich für den Nachrichtenpreis

nominiert war. »Toll!«, erntete ich von meiner Mutter, mein Vater nickte anerkennend mit dem Kopf.

»Du allein?«, fragte Sandra.

»Nein, der Sender – also das Nachrichtenteam von Radio Injection ist nominiert.«

»Ach so«, war ihr spärlicher Kommentar. Konrad kam mit einem Teller Kuchen. Ich begrüßte meinen Schwager, der mit vollem Mund antwortete. Seine kleine Wampe konnte er nicht verbergen. Schon bei der letzten Schwangerschaft hatte er zugenommen.

Der Pfarrer räusperte sich und bat alle, Platz zu nehmen. Sandra holte Michelle Chantal, und dann setzten wir uns wie immer in die erste Reihe auf der linken Seite. Der gläserne Saal erlaubte durch die prächtigen Panoramafenster einen Rundumblick auf den Park, den ich mittlerweile so gut kannte, mit dem kleinen künstlichen See, über den malerisch eine Trauerweide ihre Äste neigte. Die Forsythien am Rand des Geländes leuchteten gelb, mehrere Magnolienbäume blühten in üppigem Rosa. Die Sonne schien, und weiße Wölkchen verzierten den Himmel wie Sahnetupfer. Immer wenn Sophie Geburtstag hatte, war schönes Wetter, das war im letzten Jahr so gewesen und in dem davor auch. Wann war sie ins Altersheim gekommen? Das war kurz nach meinem Examen gewesen – also vor genau zehn Jahren. Und jedes Jahr hatte ich auf diesem Platz gesessen, und immer hatte die Sonne geschienen.

»Liebe Sophie, liebe Familie, liebe Freunde, liebe Gläubige«, sprach der Pfarrer, und ich hätte seine Rede auch halten können, so sehr war sie mir ins Gedächtnis gebrannt. Sein Doppelkinn, das über dem Priesterkragen hervorquoll, war prall wie eine Schweinsblase. Er schien überhaupt nicht gealtert zu sein. Ob Glaube wohl konservierte?

»Geburt und Tod hängen beide an dem Faden, den man Leben nennt. Dieser Faden ist mal dicker, mal dünner, er hat Knoten, manchmal ist er aber auch glatt und seidig und lässt einen durch die Zeit gleiten. Wichtig ist, zu erkennen, dass jede Zeit des Lebens sinnvoll ist, die Zeit der Freude und des Lachens, genau wie die Zeit des Leidens und der Trauer.«

Der Pfarrer hob die Verdienste von Sophie hervor, die sich als kinderlose Frau stets um die Belange Bedürftiger gekümmert hatte, als Krankenschwester gearbeitet und sich für den Tierschutz eingesetzt hatte. Und die jetzt ein wichtiger Bestandteil der Gemeinschaft war, weil sie den örtlichen Bingoverein gegründet und damit vielen Menschen eine Beschäftigung und ein Hobby geschenkt hatte. Alle klatschten. Das Mikrofon wurde vor Sophies Rollstuhl gestellt. Sie räusperte sich.

»Meine Lieben! Schön, dass ihr gekommen seid, um mit mir meinen …«

Schwester Frieda soufflierte.

»… meinen zweiundneunzigsten Geburtstag zu feiern. Mein Gott, bin ich wirklich schon so alt?«, fragte sie mit mädchenhaftem Erstaunen, und ich war mir an der Stelle nie sicher, ob sie es ernst meinte oder ihr Alter wirklich vergessen hatte. Sophie redete weiter über ihr ereignisreiches Leben, in dem es einen Kaiser, einen Diktator, zig Kanzler und auch ansonsten viele Männer gegeben habe.

Ich ließ meinen Blick über die Anwesenden schweifen. Es waren immer dieselben Leute, ein paar Babys waren neu dabei, den süßen Kindern von früher war der Schrecken der Pubertät in die dumpfbackigen Gesichter geschrieben, sie glotzten gelangweilt vor sich hin und schrieben SMS. Der alte Mann mit der Gehhilfe und der enormen Warze auf der Nase war nicht mehr da. Das Leben geht weiter, dachte ich, egal was passiert, es hört nie auf. So banal dieser Satz war, so unglaublich war er auch. Sophie krächzte, dass sie zwar keine Kinder, aber auch ein Baby hätte, nämlich ihren Bingo. Der Hund bellte und leckte Sophies faltiges Gesicht. Sie machte ihren Witz darüber, dass sie für Bingo immer gleich aussähe, egal wie viele Falten sie bekäme.

Das Lachen der Gäste kam mit Verzögerung. Sophie fragte irritiert: »Hab ich das schon mal erzählt?«

Ich sah mich um, ob jemand nickte, aber die Gäste schüttelten vehement ihre Köpfe. Ich schaute wieder nach vorn, Sophie redete weiter, aber ich konnte sie nicht hören. Ein Rauschen brandete in meinen Ohren auf, mir wurde schwindelig, die Leute um mich herum schüttelten immer noch die Köpfe, immer heftiger, immer hastiger, plötzlich wuchsen ihre Haare wie im Zeitraffer, und ich hörte ein lautes Ticken. Die Uhr an der Wand fing an zu rasen, der Sekundenzeiger zog in atemberaubender Geschwindigkeit seine Kreise, der Stundenzeiger hechelte hinterher, die Wolken flogen schneller und schneller über den Himmel, die Sonne rotierte auf ihrer Umlaufbahn: Aufgang, Untergang, Nacht, Morgen, Mittag, Abend, Sommer, Herbst, fallende Blätter, Schneetreiben und Eiszapfen vor dem Fenster. Ich sah den Bauch meiner Schwester dicker werden, ich sah Tante Sophie schrumpfen, meine Hand welkte dahin, Altersflecken sprenkelten sie, Michelle Chantal war auf einmal ein Teenager und schaute mich aus geschminkten Augen vorwurfsvoll an. Plötzlich sah ich mich als weißhaarige alte Frau allein mit einem Bingobrettspiel in der Mitte des gläsernen Saals, alle waren verschwunden, nur noch ich war da, und dann war auch mein Körper weg, und das Bingospiel stand verlassen in dem verstaubten Riesensaal.

»... und auf meinem Grabstein soll stehen: Man kann nicht immer nur gewinnen. Aber trotzdem seinen Spaß haben. Bingo!«

Das war das Finale ihrer Rede. Bingo bellte, Sophie lachte, die Leute klatschten und standen auf.

Ich schüttelte mich und sah mich um. Es kam mir so vor, als hätte ich zehn Jahre auf diesem Stuhl gesessen, mich zehn Jahre nicht vom Fleck bewegt und wäre gerade erst aufgewacht.

»Du siehst aus, als hättest du ein Gespenst gesehen«, sagte Sandra.

»Wirklich, Schatz, geht es dir gut?«, fragte meine Mutter besorgt.

»Ja ja, geht schon, nur ein bisschen schwindelig«, murmelte ich. Meine Mutter holte mir ein Glas Wasser, im Saal wurden die Bingokarten ausgeteilt, und ich saß immer noch wie betäubt herum. Die Damen und Herren aus dem Seniorenstift vergnügten sich beim Spiel, und jedes Mal, wenn einer »Bingo!« rief, flippte Sophies Yorkie aus, und alle lachten.

Ich verließ die Feier, ging wie aufgezogen zu meinem Auto, und als es ansprang, wurde mir plötzlich eines klar: Ich hatte lange genug gewartet. Die Zeit spurtete dahin, und ich hatte mich nicht mitbewegt, hatte immer so getan, als ob mich das alles nichts anginge, als hätte ich ewig Zeit. Dabei war auch ich in die Jahre gekommen, und das Zeitfenster der Mutterschaft wanderte ohne Rücksicht auf meine Karriere oder meine Beziehung einfach weiter, wer zurückblieb, war selber schuld.

Auf einmal wusste ich, was ich tun musste: Ich musste

ein Baby bekommen. Jetzt. Kein Verschieben mehr auf später. Später ist jetzt! Das war so einfach wie genial. Dachte ich. Voller Vorfreude fuhr ich nach Hause, selig lächelnd, aber vollkommen ahnungslos. Denn was ich nicht wusste, war, dass der Aufstand der Hormone gerade erst begonnen hatte, aber schon kurze Zeit später in eine Militärdiktatur münden würde …

5 

Ich holte mir im Supermarkt einen Piccolo und stieß vor dem Fernseher auf mich an. Finn war mit Benno noch was trinken. Ich hatte ihm schon eine Nachricht auf der Mailbox hinterlassen, dass er sich doch bald melden und früh nach Hause kommen solle, ich hätte eine Überraschung für ihn.

»Bei einem Selbstmordattentat in Jerusalem sind acht Menschen getötet und vierzehn schwer verletzt worden. Nach Angaben der israelischen Nachrichtenagentur handelt es sich bei der Attentäterin um die dreiundzwanzigjährige Alaya Schariel ...«, las Jens Riewa in der Tagesschau, und ich dachte, Alaya, das ist ja mal ein ungewöhnlicher Name. Schön und ausgefallen. Aber ich wollte meiner Tochter eigentlich nicht so einen ganz exotischen Namen verpassen, er sollte einzigartig, aber auch bescheiden sein. Und möglichst ein deutscher Name oder jedenfalls einer, der sich so anhörte, kein Brimborium, Michelle Chantal war schon schlimm genug. Das Telefon klingelte.

»...lo, Sü..., ... bin's.«

In der Kneipe, aus der er anrief, war die Hölle los.

»Hallo, mein Schatz, wann kommst du? Ich vermisse dich!«, säuselte ich ins Telefon.

»Was?«, rief er, »... versteh dich ni...«

»Wann du endlich nach Hause kommst, wollte ich wissen.«

Er brüllte irgendwas in die Kneipenrunde.

»Finn?«

»Anna? Noch 'n Kölsch, dann …«

Aufgelegt. Ich guckte ein paar alte Folgen »Ally McBeal«, wollte unbedingt wach bleiben, schließlich hatte ich noch Pläne. Vier Stunden später hörte ich ihn an der Tür mit dem Schlüssel herumdoktern. Ich öffnete meinen Satinkimono, ließ die teuren Dessous blitzen und lehnte mich lasziv auf die Sofalehne.

»Hallo, meine Süße!« Er taumelte auf mich zu. Seine kurzen braunen Haare standen verschwitzt nach allen Seiten ab, seine Lederjacke schmiss er in die Ecke. Auch im Winter trug er meist nur kurzärmelige T-Shirts, bei seinen durchtrainierten Armen ein wonniger Anblick.

»Wow! Bist du heiß!«, entfuhr es ihm, als er meinen Aufzug erblickte. Sein Kuss schmeckte wie ein Aschenbecher, in den man einen Kubikliter Bier geschüttet hatte. Aber das war mir egal. Ich setzte meinen verführerischsten Blick auf, streckte die Brust vor und hauchte: »Hey, Schatz, machst du mir ein Baby? Jetzt?«

»Aber klar doch«, sagte er, »muss nur mal eben …«

Er ging, zwar leicht wankend, aber kontrolliert und zielstrebig, aufs Klo. Das Gute an Diplom-Sportlehrern ist, dass sie einst Sportstudenten waren. Und in diesem Studium erwirbt man nicht nur Muskeln, sondern auch einen akademischen Grad im Saufen. Ihn konnte so schnell nichts umhauen, und auch total besoffen war er in der Lage, zum Rennen anzutreten und die Ziellinie zu erreichen. Außerdem hatte er nicht nur einen Körper, mit dem er locker als Body-Double für Brad Pitt hätte arbeiten können, er kannte sich auch noch aus mit dem richtigen Tempo, er wusste um die Wichtigkeit von Anspannung und Entspannung, er vereinte Gefühl, Technik und Kraft. Abgesehen davon, dass sein … nun, ich denke, das muss genügen. Jedenfalls würde es heute passieren, ich fühlte mich fruchtbar wie das Nilufer nach dem jährlichen Hochwasser, ein Samenkorn würde genügen, um reichlich Früchte zu tragen. Und mein Kalender sagte mir, dass jetzt der Eisprung sein müsste. Ich hörte es poltern.

»Finn?«, rief ich. »Alles klar?«

»Ja, sischer!«, klang es aus der Küche. Seine Zunge war schon ein bisschen schwer, fiel mir auf. Aber die würde er heute nicht brauchen, kicherte ich in mich hinein.

»Finn?« Eine verdächtige Ruhe breitete sich aus. Gerade überlegte ich, ob ich meine Pose verlieren und nach meinem Freund gucken sollte, da stand er schon im Türrahmen. Er hatte das T-Shirt ausgezogen und trank frische Milch direkt aus der Tüte. Ein weißes Rinnsal bahnte sich den Weg über seinen Hals auf die muskulöse glänzende Brust. Die obersten Knöpfe seiner Jeans waren offen, und ein schmaler Pfad aus dunklem Flaum führte vom Bauchnabel hinunter, dorthin, wo sich die Hose verheißungsvoll ausbeulte. Ich glaube, er hatte nie verführerischer ausgesehen als in diesem Moment. Ich öffnete meinen BH und meine bestrapsten Schenkel. Er wischte sich mit dem Ärmel über den Mund, stellte die Milch achtlos weg und kam auf mich zu.

»Wow, du geiles Biest«, raunte er mit heiserer Stimme und schleckte über meinen Bauch.

»Komm her«, stöhnte ich und zog ihn an mich.

Ich fühlte mich trunken vor Glück, heute würde es

passieren. Er hielt nicht inne, um wie sonst ein Kondom überzuziehen, und ein riesiger Schwarm bunter, schillernder Schmetterlinge flatterte durch meinen Körper, ich schwebte mit ihnen durch den Raum, hoch hinaus, doch dann hielt Finn auf einmal inne, seine Augen starr vor Schreck, und ich plumpste auf den Boden der Realität.

»Au Scheiße!«, entfuhr es ihm. »Wir haben was vergessen!«

Es klang, als wäre der Satan hinter ihm her. Mist. Irgendwie hatte ich gleich gedacht, dass die Sache zu glatt gegangen war. Jetzt war ihm doch aufgefallen, dass er kein Kondom trug. Gleich würde er sagen, er wolle kein Kind.

»Wir haben nichts vergessen, komm, mein Schatz, mach mir ein Baby«, flehte ich und bewegte meine Hüften.

Er murmelte: »Ein anderes Mal«, grabschte an mir vorbei nach der Fernbedienung und schaltete das ZDF ein.

»Ich Idiot. Heute boxt doch der Klitschko.«

Und das war es. Ich war ausgezählt worden und saß regungslos in der Ringecke. Ich fühlte mich wie eine Verhungernde in einer Konditorei mit den herrlichsten Torten, die nur eine Armlänge entfernt mit Zuckerguss, Marzipanröschen und Schlagsahne lockten, aber unerreichbar hinter Panzerglas verschlossen waren. Mir lief das Wasser im Mund zusammen.

Finn zuckte bei jedem Schlag der Boxer, sein Sixpack vibrierte, und seine bebenden Schultern spielten mit meinem Verlangen. Aber da war nichts mehr zu machen. Zwei halbnackte Männer im Ring, das war das K.-o.-Kriterium für nackte Frauen auf dem Sofa. Aber – und das war das Positive daran – er hatte gesagt: »Ein anderes Mal.« Und das wäre spätestens morgen. Und einen Tag konnte ich locker warten.

6

Am nächsten Morgen schlief Finn noch, als ich zum Brunch von Kerstin ging. Ich traf Eddy an der Bahnhaltestelle. Sie trug knallenge Hüfthosen, einen Kaninchenfell-Blouson, der zu kurz war, und ein sehr knapp sitzendes Stretch-Top mit einem Muster im Sechzigerjahrestil. Ihren Haaren hatte sie vergangene Woche einen fransigen Kurzhaarschnitt verpasst und sie schwarz getönt. Fast ein bisschen wie Liza Minelli zu »Cabaret«-Zeiten, hatte ich gesagt. Das hatte sie wohl nicht auf sich sitzen lassen wollen und sich violette und blaue Strähnen gefärbt und sie mit Gel zu Stacheln geformt.

»Ah, Liza Minelli meets Punk«, neckte ich sie.

»Hör mir auf mit dieser fetten Operettenschlampe«, tadelte sie mit ihrer rauchigen Stimme. »Ich sag dir eins. Das ...«, sie zeigte auf ihren Kopf, »... ist total hip. Man kann nicht mehr ohne. Punk ist heute das, was die Dauerwelle in den Achtzigern war: un-ent-behr-lich.«

»Und damit ist es eigentlich kein Punk mehr«, warf ich amüsiert ein, erntete aber nur einen verächtlichen Blick. »Wo ist Klaus? Wollte er nicht mitkommen?«

»Ja, wollte er. Aber er liegt todkrank im Bett. Mit einem Schnupfen!« Eddy rollte die Augen. »Männer sind in dieser Beziehung echte Weicheier. Kaum ein Nasenjucken, und schon liegen sie flach.«

Ich lachte. »Kenn ich. Früher hab ich das nicht geglaubt, aber es ist wirklich so: Frauen sind härter im Nehmen. Das ist naturgegeben.«

»Klar«, grinste Eddy, »schließlich sind die Frauen diejenigen, die sich die Bikinizone enthaaren müssen.«

Ich zog eine Grimasse und drückte auf die Klingel. Gekreische in Sopranhöhe schallte durch das Treppenhaus.

»Da seid ihr ja«, begrüßte uns Kerstin. Bevor wir ihr gratulieren konnten, drängelte sich ein Kind an ihren Beinen vorbei. Blondierte Haarspitzen, Ohrring, Beckham-Trikot. Unverkennbar Thorben, Kerstins sechsjähriger Sohn.

»Mama! Diese Leute müssen auch was kaufen«, kreischte er und zeigte auf den kleinen Tisch im Flur, auf dem er allerlei Krimskrams verteilt hatte. Eddy rauschte an ihm vorbei, ohne ihm auch nur die geringste Aufmerksamkeit zu zollen. Sie mochte keine Kinder, noch nicht mal die beiden ihres Freundes.

Gestern hätte ich es ihr noch nachgetan, aber heute war ich schon eine werdende Mutter, oder, besser gesagt, eine werdende Schwangere. Und das war absolut fantastisch! Ein Lächeln breitete sich auf meinem Gesicht aus, und ich inspizierte seinen Kinder-Flohmarkt. Ich ging nach dem gleichen Prinzip vor, mit dem man Hochzeitstische abgrast: Man wertet Nutzen gegen Preis und versucht, unter den erschwinglichen Sachen das am wenigsten Sinnlose zu kaufen. Bei Hochzeiten war das meistens ein silberner Salzstreuer für neunundfünfzig Euro oder ein Stapel Frottee-Handtücher mit Monogramm für achtundsiebzig Euro. Das hier war zum Glück nur ein harmloses Kinderspiel. Es gab ein Malbuch, in dem alle Bilder ausgemalt waren, eine Ritterfigur ohne Beine, ein paar zerschrammte Autos und einen Haufen Kieselsteine. Also, dann. Ich würde meine Einkaufs-Euromünze einem guten Zweck stiften: ein Kind glücklich zu machen.

»Wie viel kostet das da?« Ich zeigte auf ein zerfleddertes Micky-Maus-Heft.

»Vier Euro«, kam es wie aus der Pistole geschossen.

»Aber das hat neu nur zwei fünfzig gekostet!«, erwiderte ich erstaunt. Dieser kleine Racker, dachte ich und wunderte mich über die Milde meiner Gedanken, mehr noch, diese neue Kinderfreundlichkeit überwältigte mich fast. Früher wären mir weniger schmeichelhafte Namen eingefallen. Ich durchforstete mein Hirn nach Schimpfwörtern, aber ich fand keine, sie waren wie vom Kortex verschluckt, unter einer Schicht Östrogen versickert. Thorben sah mich herausfordernd an.

»Okay«, sagte ich, »was ist mit den Kieselsteinen?«

»Zwei Euro pro Stück. Für drei Euro kriegst du zwei.«

»Oh«, entfuhr es mir. Ich bemerkte, dass Kerstin immer noch neben mir stand. »Ich nehme einen«, sagte ich. »Ganz schön geschäftstüchtig, dein Sohn.« Ich gab Thorben das Geld, das sofort in seiner Hosentasche verschwand. Allerdings machte der Junge keine Anstalten, mir den Stein zu geben.

»Stimmt, er kommt ganz nach seinem Vater«, sagte Kerstin.

Ich meinte, eine Spur Verbitterung in ihrer Stimme zu hören, doch sie tätschelte Thorbens Kopf, als wäre nichts gewesen, bis dieser aufheulte: »Mama, du alte Kuh. Du machst mir meine Frisur kaputt!« Er rannte wutentbrannt ins Badezimmer.

Ich drückte Kerstin unser Geschenk in die Hand und folgte ihr ins Wohnzimmer. In der Sofaecke saßen drei Mütter, erkennbar an Sabbertüchern, Schnuller und Löffelbiskuit, die sie griffbereit auf dem Schoß liegen hatten.

Eine stillte gerade ihr Baby. Die vierte in der Runde war offensichtlich schwanger, ihr Bauch ragte vor wie ein Basketball. Am Boden wuselte ein Knäuel Kinder auf einer Spieldecke. Am Esstisch saßen noch einige Frauen, deren weniger funktionelle Kleidung auf Kinderlosigkeit schließen ließ.

»Wollt ihr Kuchen?«, fragte Kerstin.

»Gibt es denn welchen?«, gab Eddy erstaunt zurück, die sich gerade mit Prosecco versorgte.

»Ja, ich musste ihn wegstellen, sonst hätten die kleinen Monster ihn schon aufgefuttert.« Sie machte eine Kopfbewegung Richtung Thorben, der gerade seinem jüngeren Bruder Samuel das Feuerwehrauto abnahm, um mit der metallenen Mini-Drehleiter auf dem Parkett herumzuschrappen. Samuel plärrte los. Kerstin seufzte und rief: »Thorben, gib deinem Bruder das Auto wieder.«

Thorben entdeckte das Geschenk in Kerstins Hand, ließ das Feuerwehrauto fallen und kam schnurstracks auf sie zu. Mit einer flinken Bewegung entwand er seiner Mutter das Geschenk und riss das Papier auf.

»Och, wieder nur so'n olles Buch«, maulte er und ließ es achtlos fallen. Kerstin bückte sich danach. »Der Weg zum Glück«, las sie, »prima, von dem Dalai Lama hört man ja viel Gutes.« Sie blätterte kurz durch das Buch.

»Wir dachten, gerade du könntest auch mal ein bisschen Glück gebrauchen«, sagte Eddy zwischen zwei Schlucken Prosecco. Kerstin guckte irritiert, und ich warf Eddy einen strafenden Blick zu.

»Na, das können wir doch wohl alle, was?«, sagte ich und lachte etwas zu laut. Wir bekamen unseren Kuchen, und dann musste Kerstin ihre Söhne trennen, die sich gerade in die Haare gekriegt hatten.

»Dieses kleine Arschloch«, meinte Eddy mit einer Kopfbewegung zu Thorben.

»Ach, komm, er kann doch nichts dafür.«

»Tsss, natürlich kann er das! Das ist das schrecklichste Kind aller Zeiten.«

Thorben wälzte sich auf dem Boden und schrie. Kerstin redete auf ihn ein, dass sie doch ausgemacht hätten, dass *sie* Geburtstag habe und es heute *ihr* Tag sei, und jetzt sei es langsam mal gut, dann würde er morgen auch die Ritterburg bekommen, die er so gerne haben wollte. Das brachte Thorben zum Schweigen.

»Ja, mag sein. Aber Erziehung ist bestimmt auch nicht so einfach«, wandte ich ein.

»Wieso?« Eddy kippte ihr nächstes Glas Prosecco auf Ex. »Solange du kaufen kannst, ist Erziehung sogar *pipieinfach*. Pädagogik heute ist doch blanker Konsum.«

Sie sah mich herausfordernd an. Verlegen guckte ich weg und betrachtete die Kinder zwischen den Bergen von Spielzeug. Es gab aber auch wirklich tolle Sachen. Hübsche Puppen, Bagger mit voll funktionstüchtigen Schaufeln, aufwändige Playmobil-Kollektionen, schnuckelige Stofftiere, sogar Miniatur-Staubsauger!

»Guck dir das an! Das ist aber süüüß!« Ich hatte eine rosa Registrierkasse entdeckt, vor der ein Mädchen in orangefarbenem Kleid und geringelter Strumpfhose saß. Ein zweites Mädchen schob einen Einkaufswagen voller Mini-Konservendosen. Die kleine Kassiererin tippte mit Kennermiene die Preise ein. Dann stutzte sie, drückte einen Knopf und quiekte über ein Mikrofon: »Frau Müller, wie viel kosten die Erbsen, Frau Müller bitte.«

»Das ist ja irre«, staunte ich, »hast du das gesehen?«

»Ich sag's ja. Diese Bälger kommen nach der oralen und der analen Phase direkt in die Barzahlen-Phase.«

Eddy wartete kichernd auf eine Erwiderung. Aber ich betrachtete gedankenversunken die niedliche geringelte Strumpfhose, die so hervorragend zu den kleinen wattierten Lackstiefeln passte.

Die kleine Kundin hatte mit der Durchsage der Kassiererin schlagartig das Interesse am Einkaufen verloren. Sie wollte auch was über das Mikrofon sagen, aber die Kassiererin ließ sie nicht ran, sondern quengelte, dass sie ihren Einkauf machen solle, sonst würde sie die Polizei holen. Das Mädchen ließ sich von der Drohung nicht abschrecken und drängte weiter. Die Kassiererin klammerte sich an den Plastikhalter des Mikros, bis er schließlich in dem Gerangel abbrach. Beide taten so, als wäre nichts geschehen, und wandten sich anderen Spielsachen zu.

»Was ist eigentlich mit dir los?«, fragte Eddy. »Du bist heute irgendwie komisch.«

»Ich setz mich mal da rüber, um den Kuchen zu essen.« Ich deutete auf das Sofa.

»Zu denen …? Hast du sie noch alle?«

Ungeachtet ihres Protestes ließ ich die kopfschüttelnde Eddy stehen und begab mich in die Mütterrunde.

»Hi, ich bin Anna«, sagte ich und ließ mich neben eine füllige blonde Frau auf das Sofa plumpsen. Sie warf mir ihren Namen zu wie einem bettelnden Hund ein Fleischbröckchen: »Ute.« Sie fuhr fort, auf die Schwangere einzureden: »Also, als ich das erste Mal schwanger war, ich kann dir sagen, das war kein Kinderspiel: Ich hatte solche Schwierigkeiten, morgens aufzustehen! Das glaubst du nicht! Ich war so müde!«

Die zweite Mutter, die ihr Kind immer noch an der Brust angedockt hatte, mischte sich ein. »Wie ist es mit Sodbrennen? Hast du schon Sodbrennen?«

Die Schwangere guckte verunsichert. »Nein, bisher noch …«

Ute hob die Stimme: »Ich bin einfach nicht aus dem Bett gekommen. Das war so schlimm! Und ich stelle mich weiß Gott nicht an, weiß Gott nicht!«

Die dritte Mutter, die, soweit ich mich von früheren Festen erinnerte, Beatrix hieß, legte der Schwangeren die Hand auf den Arm: »Genieße die Zeit. Wenn das Baby erst mal da ist, ist es vorbei mit der Ruhe. Ein für allemal vorbei!«

»Du kannst dir ja nicht vorstellen, wie anstrengend das ist mit einem Baby«, dröhnte Ute, und die Stillende fiel in das Gejammer ein: »Ja, das stimmt. Das ist wirklich der Wahnsinn. Diese ganze Organisiererei!«

Ute fügte hinzu: »Und dann muss man die Kinder ja auch noch ständig fördern. Fördern und fordern!«

Beatrix fasste zusammen: »Es ist einfach super viel Arbeit.«

Ich stellte meinen Kuchenteller auf den Tisch und warf ein: »Aber das ist doch schöne Arbeit!«

Die Mütter und die Schwangere drehten sich entgeistert zu mir und starrten mich an, als wäre ich das Kalb mit zwei Köpfen. Die Stimme der Schwangeren schnitt durch die Stille: »Und wie viele Kinder hast du?«

Ich schaute in die Runde, vier Paar Augenringe waren auf mich gerichtet. Ein kleiner Junge tapste auf Ute zu und quengelte: »Mama, Mama.«

Ute würdigte ihn keines Blickes. Ich wollte sagen, noch keins, aber ich stell es mir schön vor, da öffnete sich mein Mund, und ich hörte mich sagen: »Drei.«

Spätestens jetzt hätte ich merken müssen, dass mit mir was nicht stimmte, dass ich auf dem Weg war, verrückt zu werden. Aber ich ignorierte das kurz aufflammende

Gefühl, mich zu korrigieren, denn Anerkennung strahlte aus den müden Gesichtern zu mir herüber, Ute rutschte ein Stück näher, so einfach war es, der Damm war gebrochen, und schon gehörte ich dazu.

»Oh, und wie schaffst du das?«, fragte die Stillende.

»Na ja, ich hab alles gut durchorganisiert, und dann hilft mir meine Mutter und mein Freund natürlich auch, ich gehe schließlich noch arbeiten«, meinte ich.

»Was?« – »Du gehst auch noch arbeiten?« – »Meine Güte, wie geht das denn?«

Die Achtung wuchs mit jeder Antwort, in der ich meine Leistung als Mutter herunterspielte. Ich erzählte von der Tagesstätte, die mein Chef ohne großes Aufheben extra für meine Kinder eingerichtet hätte, und wie einfach ich jetzt Beruf und Erziehung verbinden könne, vor allem, weil die drei so brav seien. Luna-Marie, Lilli und Trixi hatte ich sie auf Nachfrage blitzartig getauft und gehofft, dass keiner der anderen ein Marienhof-Fan war wie ich.

Die ganze Anspannung war gewichen, jetzt lachte sogar Ute, sie hingen alle an meinen Lippen, und es war wirklich schön, mein Familienleben. Mensch, was war ich eine tolle Mutter, und da sollte noch mal einer sagen, dass Kind und Karriere nicht unter einen Hut zu kriegen sein sollten.

»Bist du nicht mit Finn zusammen, diesem Sportler?«, fragte Beatrix plötzlich, und ein heißer Wüstenwind blies mir ins Gesicht.

»Ja.«

»Ihr wart doch letztes Jahr zusammen hier. Da hattet ihr aber noch keine Kinder.«

Paff, da saß das Misstrauen direkt unter uns und wuchs wie eine aufblasbare Badeinsel am Kompressor. Ich schluckte. Eddy schaute vom Tisch zu mir herüber.

»Ja«, sagte ich, beugte mich ein wenig vor und senkte die Stimme. Die anderen folgten mir und sperrten die Ohren auf.

»Es lief nicht alles glatt bei uns. Ihr wisst schon ...«, ich sah mich um und schob flüsternd nach: »Hormonbehandlung. Und dann ... Drillinge.«

»Nein!«, rief Ute.

»Du Arme«, stöhnte die Schwangere.

»Aha«, sagte Beatrix.

»Das ist doch bestimmt die Hölle, oder nicht? Mit drei kleinen Babys? Hast du noch ein paar Arme, oder wie?«, fragte die Stillende, die nach wie vor in der gleichen Position da saß.

Ich überlegte, ob es vielleicht nur eine Baby-Attrappe war, die man sich vor die Brust schnallen konnte. Für solche Veranstaltungen wie diese wäre das doch eine gute Sache. Sichern Sie Ihr Überleben in der Kinderlosen-Diaspora! Schluss mit anzüglichen Bemerkungen über den Egoismus von Doppelverdienern, Aus für strafende Blicke der Verwandtschaft, Ende mit nervenden Fragen nach dem Nachwuchs: Das neue »Baby-to-show«, detailgetreu, gefühlsecht, abwaschbar. Das Babygeräuschmodul würde es wahlweise in Unschuldsengel oder Schreihals geben. Genau, das war *die* Marktlücke. Sie werden nicht für voll genommen, weil Sie keine Kinder haben? Baby-to-show, die Rettung für jeden Brunch.

»... meinst du, das ginge?«, fragte Beatrix mich.

Ich nickte. »Sicher, kein Problem.« Ich hatte keine Ahnung, wovon sie gesprochen hatte.

»Gut, die nächste Ausgabe ist schon voll, aber im April-Heft könnten wir dann den Artikel über familienfreundliche Arbeitsstätten bringen. Ich meine, so einen Chef, der für einen einzigen Mitarbeiter eine Kindertagesstätte einrichtet, das ist wirklich was Besonderes, und das sollte man auch publik machen, damit sich andere ein Beispiel daran nehmen.«

Der Boden tat sich auf, und ich fiel drei Stockwerke nach unten.

Beatrix plante weiter: »Und natürlich müssten wir von dir und den Drillingen einige schöne Fotos machen, so eine kleine Homestory wäre nicht schlecht. Meinst du, Finn würde auch mitmachen?«

Ich räusperte mich.

»Möchtest du noch Prosecco?«, rief Eddy vom anderen Ende des Raums.

»Klar!«, antwortete ich.

»Stillst du gar nicht mehr?«, fragte die Stillende.

Ich sah auf die Uhr. »O mein Gott, du erinnerst mich an was! Ich muss dringend weg! Ha ha, wie die Zeit vergeht!«

»Bis bald. Und bring das nächste Mal die Drillinge mit!« Ute zwinkerte mir freundlich zu.

»Ich ruf dich an, wenn du das mit deinem Chef geklärt hast. Deine Nummer kann mir sicher Kerstin geben. Oder soll ich deinen Chef lieber selbst anrufen?«, rief Beatrix.

»Nein, nein, ich mach das schon«, sagte ich, schnappte mir Eddy, winkte Kerstin zum Abschied, und schon waren wir aus der Tür.

7 

Mein Geheimnis würde ich gut bewahren, niemand sollte was von meinen Plänen erfahren, und erst wenn ich die ersten drei Monate der Schwangerschaft überstanden hätte, würde ich es erzählen, würden *wir* es erzählen. Das war viel stilvoller, als es schon vorher überall rumzuposaunen. Meine Schwester hatte nach ihrer Hochzeit keinen Hehl daraus gemacht, dass sie schwanger werden wollte. Die ganze Familie wurde über ihren Zyklus informiert, meine Mutter war sogar so weit gegangen, ihn in den Jahresplaner einzutragen, der bei meinen Eltern im Flur hing. War das zu fassen? Meine Mutter hatte über anderthalb Jahre jedes Telefongespräch mit solchen Sätzen angefangen wie: »Deine Schwester hat schon wieder ihre Tage bekommen.«

»Heute könnte es deine Schwester schaffen, schwanger zu werden.« Bis hin zu dem krönenden Aufmacher: »Das Sperma von deinem Schwager ist einwandfrei.«

Bis auf die Schwachmaten-Gene, hatte ich in Gedanken geantwortet. Sandra hatte kurz vor dem Examen gestanden, als ihre Regel ausblieb, und am selben Tag ihr Studium geschmissen.

Schade, dass Jasmin nicht eine von diesen Drückeberger-Frauen war. Wir hatten eben die Übergabe der Nachrichten gemacht. Sie hatte zwar schon Feierabend, hing aber trotzdem noch in unserem Büro rum. Obwohl man ihren Bauch kaum sah, hatte sie sich von Hannes, dem Praktikanten, den Chefsessel aus dem Konferenzraum holen lassen und benutzte den Mülleimer von Yvonne Klein als Fußbänkchen. Was sie sicher nicht machen würde, wenn Yvonne Klein nicht in der Pause wäre, dachte ich, mit der resoluten Sendersekretärin war nicht zu spaßen. Hoffentlich kommt sie bald wieder. Ihre Reaktion möchte ich sehen.

Jasmin flirtete mit Hannes und Karsten, einem freien Mitarbeiter vom Sport. Sogar Gerd, der dröge Kommunalpolitik-Redakteur, ließ sich von ihr um den Finger wickeln mit ihrer Schwangerenmasche, er brachte ihr gerade ein Sandwich. Fiona rollte mit den Augen in meine Richtung, und ich zog eine Grimasse. Gut, ich war immer noch nicht schwanger. Aber wenn ich es wäre, würde ich nicht so ein Bohei machen, das war mir klar.

Gestern war es leider nichts geworden mit der Befruchtung. Finn war mit seinen Kumpels im Park kicken gewesen und dann bei einem von ihnen hängen geblieben, der eine DVD mit den hundertzwanzig schönsten Toren von Diego Maradona bei eBay ersteigert hatte.

Ich war mit Eddy im Kino gewesen und hatte mich dann todmüde ins Bett gelegt. Allerdings hatte ich nicht schlafen können, weil ich die ganze Zeit überlegt hatte, wie ich meinen Chef dazu kriegen könnte, eine Kindertagesstätte einzurichten, abgesehen von dem kleinen Problem, dass ich irgendwo vier Monate alte Drillingsmädchen auftreiben musste, um mit ihnen für die Zeitschrift *Das moderne Kind* zu posieren. Wenn Finn wenigstens kurz seinen Sport vergessen könnte, dann wäre ich bestimmt schon schwanger und hätte nicht solche Probleme, ärgerte ich mich beim Ins-Bett-Gehen.

Als er endlich kam, stand ich auf und brachte mit ruhiger Stimme meinen Einwand vor, dass ich fände, er verbrächte zu viel Zeit mit seinen Sportkumpels. Den Halbsatz »anstatt mich zu schwängern«, sparte ich mir in einem Anfall von Vernunft. Das Thema Familienplanung mit einem Vorwurf einzuleiten, schien mir nicht gerade clever. Trotz meiner wahnsinnig verständnisvollen Art wurde er sauer und beschuldigte mich, schon wieder einen Streit vom Zaun zu brechen, er habe mir doch erklärt, dass das alles Recherche sei für sein Buch. Das glaubst du wohl selbst nicht, hatte ich mit normaler Stimme gesagt, aber er wurde wie immer gemein und erwiderte, ich solle nicht dauernd so rumkeifen. Ich keife nie rum, keifte ich, und fing an, ihn wegen seiner nachlässigen Arbeitsmoral zu beschimpfen, und dass er endlich mal Verantwortung übernehmen solle, schließlich könne ich mich nicht um alles kümmern, ich würde schon mehr als genug für die Beziehung und den Haushalt machen, und er müsse langsam auch mal mit anpacken (»und mir ein Kind machen«, sagte ich nicht). Nicht schon wieder diese alte Leier, stöhnte Finn, ich kann es nicht mehr hören. Er nahm sein Kopfkissen und ging ins Wohnzimmer. Schlafen konnte ich natürlich nicht.

Ich checkte die Meldungen, aber irgendwie passierte heute nicht viel. Schon wieder eine repräsentative Umfrage, die unser Chef unbedingt in den Nachrichten haben wollte. Diesmal ging es um die Einkaufsgewohnheiten der Leute. Interessant, dachte ich, viel mehr Menschen als bisher angenommen kauften in Einkaufszentren in der Peripherie ein, weil es dort Parkplätze in Hülle und Fülle gab. Bis zu dreißig Kilometer würden sie dafür fahren, war eines der Ergebnisse.

Ich wollte gerade bei der Stadtverwaltung anrufen, um mal nachzuhören, ob es neue Pläne für solche Bauten gab, da hörte ich Mona Boley, unsere Moderatorin der Mittagssendung »Full injection«, aus dem allgegenwärtigen Radio: »Viele Paare sind heutzutage unfruchtbar, bekommen keine Kinder, obwohl sie unbedingt welche haben wollen. Ihnen kann auch die modernste Fortpflanzungsmedizin nicht mehr helfen. Warum ist das so?, fragen wir Dr. Brigitte Maas-Kaiser, Gynäkologin und Reproduktionsmedizinerin von der Universität Köln. Hallo, Frau Dr. Maas-Kaiser.«

»Hallo, Frau Boley.«

»Frau Dr. Maas-Kaiser, warum sind so viele Paare heute unfruchtbar?«

»Einer der Gründe für zunehmende Unfruchtbarkeit ist, dass Paare zu lange warten. Die Frauen arbeiten, machen Karriere, und wenn sie dann die biologische Uhr ticken hören, ist es oft schon zu spät.«

Mona lachte verlegen. Sie war schon zweiundvierzig Jahre alt, fiel mir ein, das war wirklich schlimm, die Arme, über vierzig, das war klar, dass man da Angst bekam.

»Hehe, wie meinen Sie das, zu spät?«

»Viele Frauen, die sich Mitte dreißig dann endlich für ein Kind entscheiden, haben Pech gehabt. Da spielen die Eierstöcke nicht mehr mit.«

Hatte sie gesagt, Mitte dreißig?

Mona klang nervös. »Was heißt das im Klartext?«

Das wollte ich jetzt aber auch wissen.

»Im Klartext heißt das, je älter die Frau, um so verschrumpelter die Eizellen. Mit dreißig sinkt die Fruchtbarkeit schon, aber ab fünfunddreißig Jahren nimmt sie rapide ab. Auch die Chancen einer künstlichen Befruchtung stehen dann erheblich schlechter.«

Ich schluckte. Mona räusperte sich.

»Aber es liegt nicht nur an den Frauen«, fuhr Frau Dr. Maas-Kaiser fort, »auch bei den Männern bauen die Samenzellen ab. Die Fehler im Erbgut nehmen ab dreißig erheblich zu.«

Frau Dr. Maas-Kaiser sprach diese Sätze so ruhig aus, als stünden dahinter nicht Abertausende menschlicher Schicksale. Auch Mona war irgendwie aus dem Konzept gebracht. Ich hatte sie noch nie so stottern hören. »Äh ... das ist ja ärgerlich ... äh ... haben Sie eigentlich Kinder?«

»Ja, ich habe im vergangenen Jahr ein Kind aus Russland adoptiert«, sagte Frau Dr. Maas-Kaiser.

Ich gab bei Google »biologische Uhr« ein und bekam Hormonstörungen, Genmutationen, kaputte Eileiter, schlappe Spermien, psychische Krankheiten durch Kinderlosigkeit und andere erschreckende Antworten. Plötzlich hörte ich Jasmin hinter mir.

»Das ist aber interessant. Kommt das in die Nachrichten?«

Ihr Tonfall troff vor Arroganz. Sie hatte den Blick auf den Monitor mit der Zyklus-Grafik geheftet.

Ich wollte gerade antworten, da stand auf einmal der Chef neben ihr. Er hatte Gyros zu Mittag gegessen, die Knoblauchfahne überführte ihn. »Und? Gibt's endlich was Neues? Die Nachrichten heute sind ja super langwei... Was ist das denn?« Irritiert zeigte er auf den Bildschirm.

»Ich ... äh, es gibt eine neue Meldung: Forscher haben herausgefunden, wie man die biologische Uhr von Frauen bestimmen kann«, stammelte ich. Gleich würde er mir die Nachrichten um die Ohren hauen.

»Ach, wie spannend. In New York habe ich auch mal einen Bericht darüber gemacht«, sagte er. Ich lächelte Jasmin triumphierend zu.

»Und gibt es einen Bezug zu Köln?«, wollte Gus-Gus wissen.

»Nun, ähm …« Ich saß in der Klemme. Als Kölner Sender brauchten wir für jede Nachricht einen regionalen Aspekt. Aber diese Meldung hatte beim besten Willen nichts mit Köln zu tun. Außer dass ich eine Kölnerin war, die das aus persönlichen Gründen interessierte.

Ich wollte schon klein beigeben, da antwortete Jasmin: »Ja, es gibt einen. Der Professor an der Uni-Klinik, der mich behandelt, kennt sich gut damit aus. Ich könnte ihn anrufen, dazu befragen, und dann mache ich eine Nachrichtenminute daraus.«

»Jasmin, tolle Idee, wirklich klasse«, lobte Gus-Gus überschwänglich.

»Im Übrigen«, fuhr Jasmin fort und sah mich kalt an, »ist mir in letzter Zeit morgens so übel. Ich würde lieber nur noch die Spätschicht machen.«

»Das leuchtet ein. Anna, Sie haben doch nichts dagegen, oder?«, fragte Gus-Gus.

Natürlich hatte ich was dagegen. Die Nachmittage waren die quotenstärkste Zeit, das heißt, viel mehr Leute hörten einen. Und das war gerade im Hinblick auf den Nachrichtenpreis wichtig. Außerdem war die Schicht spannender, weil die meisten Meldungen gegen Mittag reinkamen, und kürzer, von 12.00 bis 19.30 Uhr. Bei der Frühschicht musste man von 4.00 bis 12.30 Uhr dasein. Mitten in der Nacht aufstehen, das bedeutete: Das soziale Leben kam völlig zu kurz. Und da Finn meistens nachmittags und abends im Fitnessstudio Kurse gab, würden wir uns kaum noch sehen, wenn ich immer Frühschicht hätte.

»Natürlich habe ich nichts dagegen«, antwortete ich und schluckte die bittere Niederlage. Jasmin grinste und strich sich über den Bauch, während sie mit Gus-Gus davonstolzierte. Die sollte nur abwarten, bis ich schwanger war. *Ich* würde mich aufführen wie die Königin von Saba, wie die *mega-schwangere* Königin von Saba, die Drillinge gebären würde. Ha, dann sollte sie mal sehen, wie das war, dann würde sie ...

»Anna, willst du nicht ins Studio gehen?« Fionas Ermahnung riss mich aus den Gedanken. Ich huschte gerade noch rechtzeitig an meinen Platz, als schon das Jingle von »News-Injection« lief, und holperte mich durch die Nachrichten.

Die Tageskonferenz brachte das übliche Geschwätz, die Themen für die Nachmittagssendung wurden besprochen, freie Mitarbeiter buhlten um Aufträge, Yvonne Klein beschwerte sich mit lauter Stimme über die mangelnde Sauberkeit der Teeküche und drohte Konsequenzen an, auch für den Mülleimer-Dieb. Jasmin war immer noch da und strich sich unablässig über den Bauch. Sie tat, als ginge sie das alles gar nichts an, und beugte sich nicht mal vor, um sich eine Kopie des Programmablaufs zu nehmen, sie ließ ihn sich anreichen. Als der Chef sie für ihre Nachrichtenminute in Sachen biologische Uhr lobte, nickte sie gönnerhaft.

»Und dann gibt es da noch einige Neuerungen, unsere Tür-Sicherung betreffend ...«, dröhnte Gus-Gus.

Die biologische Uhr – das war eine absolut schwachsinnige Bezeichnung. Biologischer Zeitzünder, so hätte es richtig heißen müssen. Eine Uhr ist es vielleicht am Anfang, eine gemütliche Wohnzimmeruhr, an deren beruhigendes Ticken man sich so gewöhnt, dass man es nicht mehr wahrnimmt – besonders wenn man einen Job hat, der sehr viel mehr Lärm macht. Und in dem Moment, wo man das Ticken hört, ist es schon ein Zeitzünder mit roter Digitalanzeige, wie in den James-Bond-Filmen, wo die Stunden auf dem Display zu Minuten verrinnen und zu Sekunden werden, wo die Zeit mit Affenzahn dahinschmilzt, um dann mit einem durchdringenden Piepen die alles Leben vernichtende atomare Explosion anzukündigen!

»Gut, Leute, dann frohes Schaffen weiterhin«, beendete Gus-Gus seine Rede, winkte mich aber noch zu sich.

»Anna, das war keine Glanzleistung eben. Nehmen Sie sich ein Beispiel an Jasmin, die trotz ihrer Umstände Höchstleistungen bringt.«

Ich nickte eilfertig und schlug vor: »Ich dachte mir, wir könnten wegen dieser Umfrage bei der Stadt nachfragen, ob die eine Stellungnahme …«

»Ja, prima, da kümmere ich mich drum«, würgte er mich ab.

»Ich kann das doch …«, versuchte ich es noch einmal.

»Nein, Anna, Sie sehen jetzt zu, dass Sie die Nachrichten ordentlich gelesen kriegen, damit sind Sie heute sicher genug beschäftigt.«

Er ließ mich stehen. Gut, dachte ich, da hatte ich vielleicht noch ein bisschen Zeit für Recherche in eigener Sache.

Als ich nach Hause kam, saß Finn am Computer und schrieb konzentriert. Seine Hände flogen über die Tastatur, die Augen verfolgten die Buchstaben, die aus dem Nichts auf dem Monitor wuchsen, Vokale und Konsonanten, Kommata und Punkte – Individuen, die erst als zusammengewürfelte Gemeinschaft einen Sinn bekamen. Ich bewunderte seine Fähigkeit, nur aus seinen Gedanken heraus eine Geschichte niederschreiben zu können, leere Seiten zu füllen mit seiner Vorstellungskraft. Als Journalistin hatte ich Fakten, an die ich mich klammern konnte, aber als Autor von Drehbüchern hatte man nichts außer seinen Kopf.

Ich liebe ihn, dachte ich, Finn, den zukünftigen Vater meiner Kinder. Ich freute mich darauf, ihm die Überraschung zu zeigen, die ich besorgt hatte. Wir stritten uns zwar manchmal, aber am nächsten Tag war es meistens vergessen. Ich ging zu ihm, umarmte ihn von hinten und gab ihm einen Kuss auf die unrasierte Wange. »Hi, mein Champion. Was macht das Drehbuch?«

»Na ja«, er löschte einen Absatz, »ist gerade etwas schwierig. Dickson hat totalen Schiss vor seinem ersten Profi-Kampf. Was keiner weiß, ist, dass sein Vater bei seinem einzigen Boxkampf als Profi so blöd eins auf die Rübe gekriegt hat, dass er mit siebenundzwanzig zum Pflegefall wurde, und jetzt …«

Ich war so gespannt, was er sagen würde. Ich hatte einen winzigen 1. FC-Köln-Strampler in Rot-Weiß gekauft, mit Geißbock drauf und der Nummer 1. Er war so süß. Finn würde sich freuen, das wusste ich. Wenn es um den 1. FC Köln ging, war er doch nie zu bremsen.

»Guck mal, was ich gekauft habe!«, brach es aus mir hervor. Ich hielt den Strampelanzug vor ihn.

»… sich verliebt«, beendete er seinen Satz.

»Oh, hab ich dich unterbrochen? Entschuldige«, sagte ich.

Er warf nur einen kurzen Blick auf den Strampler und fing an zu tippen. »Was soll denn das sein?«

»Na, ich dachte, wenn's ein Mädchen wird, kann es doch auch Fußball spielen!«

»Was?« Er hielt entsetzt inne. »Bist du etwa schwanger?«

»Nein.«

»Puh.«

Ich setzte mich auf seinen Schoß. »Noch nicht. Aber ich hoffe, ich werde es bald ...« Ich strich mit meinem Zeigefinger über seinen Hals. »... mit deiner Hilfe.«

Er lehnte sich zurück und sah mich streng an. »Wieso denn ausgerechnet jetzt?«

»Wieso nicht jetzt? Wir haben schon so lange gewartet. Irgendwann müssen wir damit anfangen.«

»Aber das hat doch noch Zeit!«

»Das haben wir vor sechs Jahren gesagt, oder vor fünf! Ich werde dieses Jahr schließlich fünfunddreißig!«

»Na und?«

»Nix, na und. Jeder weiß, dass fünfunddreißig die Demarkationslinie ist zwischen normalen Müttern und alten Müttern.«

»Das ist Blödsinn«, meinte Finn.

»Das ist kein Blödsinn. Ich habe darüber gelesen. Ab fünfunddreißig geht es abwärts mit der Fruchtbarkeit, es gibt nur noch wenig gesunde Eier, und das Risiko für Fehlgeburten und behinderte Kinder steigt.«

»Die Frau von meinem Bruder hat mit neununddreißig ihr erstes Kind bekommen – und es ist gesund und munter.«

»Natürlich heißt es nicht, dass es später gar nicht mehr geht«, musste ich zugeben, »aber trotzdem ...«

»Na, siehst du. Also haben wir auch noch etwas Zeit.«

»Du vielleicht, aber ich nicht mehr.« Die Tränen stiegen mir in die Augen, und ich hielt sie nicht zurück. Sollte er doch sehen, wie egoistisch und gemein er war.

»Komm, Süße, wir bekommen schon ein Baby. Bald. Aber eben nicht jetzt.«

»Vielleicht klappt es irgendwann gar nicht mehr«, heulte ich auf.

»Vielleicht klappt es aber doch«, sagte er. »Steigere dich da jetzt nicht rein, das bringt nichts.«

Ich schluchzte noch einmal.

»Hey, Süße, das letzte Mal, als du unbedingt ein Baby wolltest, warst du nur gestresst und musstest mal ausspannen. Damals bist du in so ein Wellness-Hotel gefahren. Mach das doch jetzt auch.«

Dieser Arsch, dachte ich. Der macht es sich einfach. Gut, damals, kurz nach meinem dreißigsten Geburtstag, hatte ich monatelang geschuftet wie eine Irre und war total am Ende gewesen. Damals hatte ich gedacht, ich müsse ein Baby haben. Aber nach zwei Wochen Thalassotherapie sah die Welt schon wieder anders aus: Ich war bloß unzufrieden mit meinem Job gewesen, da hatte Finn schon Recht gehabt. Ich hatte mir eine neue Arbeitsstelle gesucht.

Später war ich froh darüber gewesen. Wenn man unzufrieden ist, muss man den Kern der Sache ändern und nicht einfach ein Baby bekommen und hoffen, dass damit alles gut wird. Aber diesmal, das war etwas anderes, das wusste ich: Ich war zufrieden mit allem, mein Job lief prima, meine Beziehung war gut. Nur ein Baby fehlte zum Glück. Und der Countdown lief. Jetzt hieß es handeln.

8 

Ich erwachte und fühlte mich, als wäre ein Bulldozer über mich hinweggerollt. Heute fing meine erste Frühschicht an. Aber der Wecker hatte noch nicht geklingelt, also hatte ich Zeit zum Dösen. Und die Erholung brauchte ich, nach diesem Alptraum.

Erst war ich auf einer exotischen Insel gewesen, die Sonne glitzerte im blauen Meer. Ich rekelte mich auf einer Liege im Sand. Plötzlich hörte ich jemanden kichern. Flipper, dachte ich, und ging ans Ufer. Im Wasser schwammen sie, zu Hunderten, sie schauten keck und lachten mich an. Lachten mich *aus*. Spermien. Überall Spermien. Ich versuchte, welche zu fangen, aber sie flüchteten.

Plötzlich hörte ich eine tiefe Frauenstimme, drehte mich um und sah eine bizarre Beerdigung. Eine längliche Figur mit schlabbernden Beinen hielt die Grabrede. Aus irgendeinem Grund wusste ich sofort, dass es sich um meine Gebärmutter handelte. Sie wurde von den Eileitern und Eierstöcken flankiert und redete wie ein amerikanischer Fernsehprediger zu den kleinen, schwarz verhüllten Gästen.

»Liebe Gäste, und wieder haben wir uns hier versammelt, um einer Schwester die letzte Ehre zu erweisen. Wieder ist ein Monat vergangen, ein weiterer Monat voll des Hoffens, doch vergebens …«

Sie zeigte auf den Sarg, der die Form eines Kondoms

hatte. »Auch sie wurde in der Blüte ihres Lebens dahingerafft. Sie reifte heran, bereit, ihre Bestimmung zu erfüllen. Doch ihr kurzes Leben war nutzlos wie das vieler Schwestern vor ihr! Geben wir ihr also das letzte Geleit ...«

Die Eierstöcke fingen an zu singen wie ein Gospelchor: »Oh, when the days are marching in ...«

»Ja, Schwestern«, rief die Gebärmutter, »singt das Lied der Menstruation, dieser Geißel unseres Daseins!«

Das Lied erreichte seinen Höhepunkt und verebbte dann langsam.

»So verabschieden wir uns denn von dieser gesunden, aber toten Eizelle!« Die Gebärmutter segnete den Sarg, der quietschend herabgelassen wurde. Die Seile waren Tamponbändchen.

»So vernehmt denn, was der Muttermund euch sagt! Hört meine Warnung, denn ihr werdet euch meiner Worte erinnern!« Sie zeigte auf die Eizellen, die in einem Tiertransporter eingepfercht waren und vor Angst wimmerten. »Das Massensterben wird weitergehen, und es wird blutig werden. In einem Strom von Blut werdet auch ihr Monat für Monat dahinscheiden, bis nur noch die Krüppel und Chromosomengeschädigten unter euch übrig sind ...«

Die verkrüppelten und chromosomengeschädigten Eizellen im hinteren Teil des Transporters kicherten irre. Die gesunden Eizellen sahen sie neidisch an.

»Aber auch ihr werdet eurem Schicksal nicht entrinnen ...«, dröhnte die Gebärmutter, und die verkrüppelten und chromosomengeschädigten Eizellen heulten auf.

»Und erst am Ende der Tage kommt die Befreiung all unserer Leiden, in genau fünfzehn Jahren, wenn hier alles öd und kahl wird, eine Wüstenei, und ich alleine zurückgeblieben bin.«

Sie schniefte ergriffen, bemerkte dann die Eierstöcke, die sie giftig ansahen. Die Gebärmutter sagte genervt: »Ja sicher, ihr seid auch noch da. Ja, Schwestern, denkt daran, sie ist nicht mehr fern, die Apokalypse der Menopause. Darum betet um Fruchtbarkeit, betet, dass der Erlöser kommen mag in Gestalt einer potenten Samenzelle, bevor wir alle untergehen …«

Ein Tösen erklang, es kam bedrohlich näher, was war das? Eine Staffel Kampfjets? Eine Horde wildgewordener Büffel? Ich sah mich um, und eine riesige Flutwelle näherte sich, sie war rot, sie türmte sich über mir auf, es war ein Tsunami aus Blut, ich versuchte zu rennen, doch meine Beine blieben im Sand stecken, und kurz bevor die Welle mit einem gewaltigen Donner über mir zusammenschlug, wachte ich schweißgebadet auf.

Schrecklich. Die Kirchturmuhr fing an zu schlagen. Benommen zählte ich mit. Eins, zwei … Ich würde in Ruhe duschen, drei, mir einen Kaffee machen … vier! Waaaas? Vier Uhr! Um vier sollte ich bereits im Sender sein! Die Sendung vorbereiten, Nachrichten schreiben, fleißig sein!

Das Adrenalin flutete meinen Körper, und ich sprang aus dem Bett, sauste ins Bad, putzte mir die Zähne, ging mit dem Kamm durchs zerzauste Haar und rannte zur Wohnungstür. Dort fiel mir ein, dass ich vielleicht wenigstens eine Hose anziehen sollte. Ich stürmte ins Schlafzimmer, wo Finn gemütlich weiter vor sich hinschnarchte, schnappte mir irgendwelche Klamotten und zog mich an.

Die Straßen waren frei, und ich brach den aktuellen Streckenrekord um zehn Minuten. Um halb fünf war ich im Bürogebäude, wo im zweiten Stock Radio Injection untergebracht war. Ich schnaufte, als ich oben ankam. Die Putzfrau saugte im Eingang. Sie sah mich irritiert an, ich grüßte und eilte durch die offene Tür an den verwaisten Schreibtischen vorbei zum Nachrichtendesk.

Was ich dort sah, beruhigte mich. Jasmin hatte gestern Abend alles gut vorbereitet. Einige Meldungen lagen parat, ein Aufsager vom gestrigen Basketballspiel von RheinEnergie Köln war vorbereitet. Ich checkte schnell die Zeitungen, schaute im Nachrichtenticker, schrieb einen kurzen Bericht, sortierte die Sendung. Um zehn vor fünf war ich mit allem fertig. Super, dachte ich, Glück gehabt. Ich ging ins Studio, öffnete das Fenster, um frische Luft reinzulassen, legte die Zettel hin, stellte mir den Kopfhörer ein – und dann durchfuhr es mich heiß. Diese leichten Krämpfe im Unterleib. Mein Traum. Die beige Hose. Ich musste schnell aufs Klo. Tampons hatte ich im Schreibtisch. Die Toiletten waren auf dem Flur des Stockwerks, wir teilten sie uns mit dem benachbarten Wirtschaftsprüferbüro. Die Putzfrau packte gerade ihre Sachen, und ich winkte ihr zum Abschied.

Um sechs vor fünf kam ich aus der Toilette. Alle Zeit der Welt. Ich schlenderte zum Eingang, gab den Code in die Türsicherung ein und wartete auf das gefällige Summen, das signalisierte, dass man öffnen konnte. Nichts tat sich. Ich rüttelte an der Tür. Fest verschlossen. Ich gab erneut die Zahlenkombination ein. *Falscher Code*, leuchtete es in Grün. In meinem Magen entstand ein Klumpen Angst, der sich schon bald zur Panik ausgewachsen hatte. Wie war das – hatte Gus-Gus nicht von einer neuen Türsicherung gesprochen? Ich erinnerte mich dunkel, dass er in der Konferenz was über den Code gesagt hatte, aber ich hatte nicht richtig zugehört, geschweige denn mir etwas notiert. So ein verdammter Mist! Erinnere dich! Was hat er gesagt? Vier vor fünf. In vier Minuten würde das Mantelprogramm enden, wir wären auf Sendung, und im Kölner Raum käme nichts über den Äther als monströse Stille.

Gus-Gus würde im Karree springen, jeder wusste, dass er sich stets die erste Nachrichtensendung des Tages anhörte. Das wäre mein Ende als Nachrichtensprecherin. Aus der Traum vom Preis! Und alles, weil ich meine Tage bekommen hatte! Alles, weil ich immer noch nicht schwanger war! Alles wegen Finn!

Aber zum Ärgern hatte ich jetzt keine Zeit. Die Putzfrau war weg. Die Moderatoren der Frühsendung kamen erst in einer halben Stunde. Niemand hier, den ich fragen könnte. Bei den Wirtschaftsprüfern war Licht. Ich klingelte. Bitte bitte, mach auf. Es summte. Ich drückte die Tür auf, im Büro auf der linken Seite saß ein übernächtigter Yuppie an seinem Schreibtisch und schaute irritiert.

»Kann ich Ihnen helfen?«, fragte er.

»Danke, nein«, antwortete ich, sauste an ihm vorbei und öffnete das Fenster.

»Aber was machen Sie denn da?« Er sprang auf. Ich hatte gerade ein Bein herausgestreckt.

»Anna? Anna Rasche?«

Ich drehte mich zu ihm. Dieses rotblondgekräuselte Haar kannte ich doch, Oberstufe, Französischkurs. Der Freiheit-Ehre-Vaterland-Bierkrug, aus dem er bei den Jahrgangstreffen immer trank, wie es sich für Junge-Union-Mitglieder und angehende Studentenverbindungsleute geziemte. Seine plumpen Annäherungsversuche mit biergeschwängertem Atem.

»Eberhard. Hi!«, antwortete ich und schob mich über das Fensterbrett. Bevor er eingreifen konnte, war ich schon rausgesprungen und lief über das Flachdach zum Studio, schlüpfte durch das offene Fenster, an meinem Schreibtisch klingelte das Telefon, aber dafür hatte ich jetzt keine

Zeit, ich schloss die Tür, gerade als der Sender auf uns umgestellt wurde, und im Hinsetzen drückte ich den Knopf für das Nachrichtenjingle.

Ich konnte es nicht glauben. Ich hatte es geschafft! Lächelnd las ich die Nachrichten, fehlerfrei, als wenn nichts gewesen wäre. Dann drückte ich das Wetter-Jingle. Die Musik ertönte und die Stimme vom Band sagte: »Wetter bei Radio Injection, live von Frank Einhorn!«

Und siedend heiß fiel mir ein, dass Frank Einhorn jetzt gerade nicht live das Wetter bringen konnte, weil ich Frank Einhorn nicht angerufen und auf den Sender geschaltet hatte! Für eine Sekunde überlegte ich, was ich machen sollte, schwankte zwischen Auswandern nach Timbuktu und mich bei den Radiohörern entschuldigen. Ich würde sagen, tja, Männer, das passiert eben, wenn ihr eure Frauen nicht schwängert, dann läuft nicht mehr alles so glatt, wie ihr das gewohnt seid, und dann kann es sein, dass ihr auf euer Wetter vom Wetterfrosch verzichten müsst. Vielleicht würde ich damit die Ikone einer neuen Frauenbewegung werden, des »Pränatalen Feminismus«, der mit Slogans wie »Dein Sperma gehört mir« und »Wer nicht zeugt, verliert« auftreten würde.

Die Sekunde verrann, ich entschied mich für die dritte Möglichkeit, zog meinen Pulli über den Mund, verstellte die Stimme und sagte: »Heute Morgen ist es noch kühl und etwas dunkel, aber später wird es heiter. Sonnenstrahlen erhellen diesen Frühlingstag und hoffentlich Ihre Herzen. Machen Sie was aus diesem schönen Tag und – Männer! Seid nett zu euren Frauen.«

Ich drückte den Knopf für die Verkehrsdurchsage, las die Staumeldungen vor – und schon war wieder eine Nachrichtensendung flügge geworden.

Ich rief Frank Einhorn an und sagte ihm, wie leid es mir täte, aber er steckte mitten in einem Lachanfall. Er war mir nicht im Geringsten böse und versprach, dass das unter uns bleiben würde. Wenigstens das.

Kaum hatte ich aufgelegt, klingelte das Telefon. Das Läuten fuhr mir in die Glieder. Das würde er sein. Karl Gustav Gustav. Dieser Idiot meldete sich am Telefon doch tatsächlich immer mit seinem ganzen Namen. Als ob er damit genug zur Kommunikation beigetragen hätte, hatte er die nervende Angewohnheit, danach zu schweigen. Das brachte mich jedes Mal aus der Fassung, und ich neigte dazu, die Gesprächspause mit Rechtfertigungen zu füllen, anstatt einfach die Klappe zu halten. Was würde ich ihm sagen? Wie konnte ich plausibel erklären, dass ich den Wetterfrosch imitieren musste, weil ich vergessen hatte anzurufen? Er würde mir eine Standpauke halten über journalistische Ethik und über die misslungenen Versuche der New Yorker Köche, ein akzeptables Jambalaya zuzubereiten. Aber es nützte nichts. Wenn ich jetzt nicht dranging, würde ich es noch schlimmer machen. Ich atmete tief durch und hob ab.

»Hi, Anna.« Es war Finn. Mir purzelten tausend Steine vom Herzen, bis mir einfiel, dass er ja eigentlich an allem schuld war. Er lachte gerade über meine Wettervorhersage, und weil ich gesagt hätte, seid nett zu euren Frauen, hätte er angerufen.

»Ich liebe dich, Anna, weißt du das?«, sagte er mit verschlafener Stimme.

»Ja, und wenn du mich liebst, kannst du mir auch einen Gefallen tun.«

»Klaro.«

»Mach mir ein Baby, bitte!«

»Ach, Anna, ich hab dir doch gesagt, das kann ich im

Moment nicht. Lass uns noch warten, nächstes Jahr bestimmt.«

»Nein, jetzt.«

»Anna, ich hab keine Lust, das Thema jeden Tag zu diskutieren. Es geht jetzt nicht, und damit basta.« Er legte auf.

Ich war deprimiert. Traurig. Unkonzentriert. Hatte Kopfschmerzen. Und dazu fürchtete ich den ganzen Tag, dass mein Betrug auffliegen und Gus-Gus reinschneien oder anrufen und mich zur Schnecke machen würde. Aber er tauchte nicht auf. Um Punkt 12.30 Uhr ließ ich alles stehen und liegen und verdrückte mich.

9 

Ich schleppte mich die Treppe hoch zu Eddys Wohnung. Die zwei Flaschen Sekt baumelten in der Umhängetasche und schlugen mir bei jeder Stufe gegen den Oberschenkel.

»Ist Melanie wieder schwanger?«, fragte ich Eddy atemlos, als ich bei ihr angekommen war. Melanie war ihre Nachbarin, und sie hatte schon drei Kinder. »Als ich sie eben im Flur getroffen hab, sah sie nämlich ganz schön dick aus.«

»Kann gut sein. Bei denen geht das ja wie am Fließband. Total bekloppt, wenn du mich fragst.« Eddy hatte einen Kochlöffel in der Hand und trug eine Schürze, auf der ein nackter Frauenkörper in Strapsen abgebildet war. Sie musterte mich. »Und wie geht es dir?«

»Beschissen. Er fühlt sich noch nicht reif für Kinder.«

Sie ging vor ins Wohnzimmer. »Ich sag dir, heute kuriere ich dich!«

Ich schob den Klamottenberg zur Seite und ließ mich aufs Sofa plumpsen. »Was hast du vor?«

»Wart's ab. Gleich bist du wieder ganz die Alte.«

Sie verschwand in der Küche und kam mit einer gigantischen Schüssel Popcorn wieder. Sie stopfte sich eine Handvoll in den Mund, ich gab ihr ein Glas Sekt, und wir stießen an.

»Bist du bereit?« Eddy hockte sich vor den Videorekorder und schob eine Kassette rein. Ich wusste zwar nicht, wozu, aber egal. Ich nickte.

»Dann aufgepasst! Hab ich mir von Melanie geliehen.« Sie schaltete auf Play. Ein verwackeltes, grobkörniges Bild zeigte einen Flur, zwei nackte Füße wurden über den Gang geschoben, sie lagen auf einem Bett. Ein ohrenbetäubender Schrei erklang. Eddy sah mich triumphierend an. »Niemand, der bei Trost ist, macht so was freiwillig mit, das sag ich dir.« Ich wusste nicht, was auf mich zukam, bis die besorgte Stimme von Christoph, Melanies Mann, erklang: »Schatz, geht es noch?«

Er schwenkte die Kamera auf das gerötete, verschwitzte Gesicht von Melanie. »Nein, es geht niiiiiiiicht!«, kreischte sie. Sie hatte Schaum vorm Mund, jedenfalls sah es so aus.

»Jetzt holen sie gleich den Exorzisten«, kommentierte Eddy.

»Echt jetzt?«

»Blödsinn, Anna. Guck doch hin.«

Christoph zoomte auf einen Kissenberg mitten auf dem Bett. Der Kissenberg entpuppte sich als Melanies Bauch. Eine riesige, kantige Frau mit Oberlippenbart und Händen wie Baggerschaufeln erschien daneben.

»Oh, mein Gott, wer ist das denn?«

»Das ist die Hebamme«, grinste Eddy.

Eine bulgarische Kugelstoßerin war nichts dagegen. »Atmen, Melanie, atmen«, mahnte sie mit tiefer Stimme.

»Scheiße, ich will eine Spritze«, schrie Melanie.

»Ruhig, Schatz, ruhig«, säuselte Christoph.

»Sag mir nicht, dass ich ruhig sein soooooooll ...!«

»Jetzt kommt der Mann mit dem Betäubungsgewehr«, sagte Eddy.

Ich kniff die Augen zusammen. Christoph schreckte

vor keinen blutigen Details zurück. Die Hebamme fuhrwerkte herum, Melanie schrie und schrie. Für die Narkose war es zu spät gewesen. Die Hebamme nahm etwas in die Hand, das wie eine Geflügelschere aussah.

»Das ist ja blutrünstiger als ›Scream‹ und ›Bambi‹ zusammen«, kommentierte Eddy und nahm die Fernbedienung. »Jetzt ist Schluss, das kann ja kein Mensch ertragen.«

»Jetzt warte doch.« Ich kniff die Augen zusammen. Es knirschte. Melanies Stimme überschlug sich. Den Schrei musste Tarzan im fernen Dschungel gehört haben. Eddy hielt sich die Ohren zu. Dann das erste Quäken des Neugeborenen.

»Oh mein Gott!«, rief ich, »guck dir das an! Die winzigen Hände! Und die winzigkleinen Füße! Wahnsinn. Das ist doch Wahnsinn, Eddy, oder nicht?«

»Hmmpf«, machte Eddy und schenkte nach.

»So was Süßes habe ich ja noch nie gesehen«, sagte ich mit offenem Mund vor Staunen.

»Du bist ja nicht zu retten. Der ganze Schmodder und das Blut, und das mit dem Dammschnitt, das ist doch ekelhaft.«

»Ein kleiner Junge!«, schwärmte ich. »Und wie süß er ist! Und so unschuldig!«

»Der süße unschuldige Junge hat mir letztens Hundekacke vor die Tür gelegt.«

»Ach, das machen doch alle Jungs«, winkte ich ab.

»Jetzt offiziell fürs Protokoll: Dir ist nicht zu helfen.« Eddy zündete sich einen Joint an. »Dann hat es wohl auch keinen Zweck, dir ›Omen‹ oder ›Rosemarys Baby‹ zu zeigen, was?«

Ich schüttelte den Kopf, als sie mir die Tüte reichte.

»Nein danke, Kiffen mindert die Fruchtbarkeit!«

»Hey!« Eddy sah staunend auf den Rauch. »Was für ein geniales Zeug! Aber abgesehen davon: Wenn Finn sowieso nicht will, ist es doch egal.«

»Ach, ich glaube, er weiß nur einfach wieder mal nicht ...« Mein Handy klingelte. Das musste Finn sein. Ich ging ran. Blöder Fehler. Extrem blöder Fehler.

»Hallo Anna. Hier ist Karl Gustav Gustav.«

Ich Idiot. Wieso hatte ich das Handy angelassen? Wieso war ich bloß so bescheuert gewesen?

»Du siehst aus, als hättest du ein Gespenst in der Leitung«, kicherte Eddy. Ich zog eine Grimasse, um ihr zu sagen, dass sie still sein solle.

»Hallo, Herr Gustav«, sagte ich. Da ich nicht wusste, wo ich anfangen sollte mit den ganzen Entschuldigungen für heute Morgen und Eddy mich mit ihren Faxen ablenkte, fragte ich möglichst harmlos: »Und wie geht's? Alles klar? Was machen Ihre Frau und die Kinder?«

Oh Mist. Das war mir jetzt einfach so rausgerutscht. Dabei ging im Sender gerade das Gerücht um, er hätte sich von seiner Frau getrennt, weil er der Vater von Jasmins Kind sei!

»Ähem«, räusperte er sich. Ich atmete zu laut, zu aufgeregt, er würde merken, dass ich ein schlechtes Gewissen hatte, gleich würde er mir sagen, dass ich gefeuert wäre und was mir einfiele, die Leute zu verarschen mit dieser lächerlichen Wetterfroschnummer und ...

»Was war mit dem Einhorn los?«, brummte Gus-Gus.

»Äh, wieso?«

»Der war anders heute, besonders bei der ersten Sendung. Irgendwie ...«

... nicht er selbst?

»... besser.«

»Was? Besser?«, entfuhr es mir.

»Finden Sie nicht? Diese esoterische Ansprache an die Leute. Wie so eine Horoskoptante. Das war nicht schlecht.«

Ich war sprachlos.

»Ich hab seine Nummer nicht hier. Können Sie ihm morgen ausrichten, dass wir das Wetter jetzt immer so in die Richtung wollen?«

»Klar, mach ich, kein Problem.«

Ich legte auf. Dafür hatte ich den Tag in Angst verbracht! Ich stieß mit Eddy an.

»Also«, griff ich den Faden wieder auf, »ich glaube, Finn weiß wieder mal nicht, was gut für ihn ist. Und wenn es dann so weit ist, dann freut er sich. Du weißt doch noch, als ich das Wohnzimmer grün gestrichen habe ...«

»Fand er das nicht grässlich?«

»Aber nur, bis ich ihm erklärt habe, dass Grün erwiesenermaßen die Konzentration fördert. Dann hat es ihm auch gefallen.«

»Zu mir meinte er letztens noch, er fühle sich da wie im Fanblock von Mönchengladbach.«

»Na also, siehst du!«

Eddy sah mich an, als hätte ich einen Popel aus der Nase hängen.

»Was?«, fragte ich.

»Ach, nichts«, meinte sie, »nur dass Mönchengladbach und Köln fußballmäßig Erzrivalen sind und es deshalb ...«

»Papperlapapp, das sind doch Spitzfindigkeiten«, unterbrach ich. »Also, ich hab mir Folgendes überlegt ...« Ich beugte mich vor und verschüttete vor Aufregung Sekt auf meine Hose.

10 

Man kann nicht behaupten, Eddy hätte mich nicht gewarnt. Sie hat stundenlang versucht, mir die fixe Idee aus dem Kopf zu schlagen, aber ich ließ mich nicht umstimmen. Ich hatte so viel über Unfruchtbarkeit, alte Mütter und verschrumpelte Eizellen recherchiert, und es war furchteinflößend, was alles passieren konnte, wenn man zu spät versuchte, schwanger zu werden. Jeder Monat konnte der letzte sein. Und das ohne Ankündigung. Die Eierstöcke waren leider nicht mit Tankanzeige ausgestattet, man fuhr und fuhr und überprüfte zwar ab und zu den Kilometerstand und hoffte das Beste, aber dann war das Benzin trotzdem von einem Meter auf den anderen alle, und man stand allein und verloren in der Pampa.

Dazu kamen diese Träume, in denen ich schwanger war, oder die, in denen mich die Gebärmutter zur Schnecke machte. Finn ließ nicht mehr mit sich reden, jedes Mal, wenn ich ihn darauf ansprach, reagierte er verärgerter, also ließ ich es bleiben. Ich hatte nur diesen einen Ausweg.

»Bist du wirklich sicher, dass du das durchziehen willst?«, fragte Eddy am Telefon.

»Ja«, sagte ich nickend und kringelte geistesabwesend das rote E in meinem Kalender ein. Finn kam an mir vorbei, er trug seine Sporttasche und war auf dem Sprung zum Training. Ich hatte die letzten zwei Wochen das

Thema Baby nicht mehr erwähnt, und er hatte gute Laune. Ich gab ihm einen Kuss. »Bis nachher, Schatz.«

»So, Eddy, da bin ich wieder«, sagte ich zu ihr.

»Was ist, wenn er es doch merkt?«

Ich wartete, bis Finn aus der Tür war. »Er wird es nicht merken. Außerdem ist es vielleicht meine letzte Chance!«

Sie seufzte. »Okay, du musst es wissen. Also viel Glück.«

In aller Ruhe bereitete ich das Abendessen vor, Finns Lieblingsessen, Huhn in Kokosnuss-Ingwer-Soße. Ich verteilte Teelichter im Raum. Ich hatte mich zwei Wochen im Bett verweigert, schließlich durfte es keine Spermatozoen Verschwendung geben. Ich legte die CD bereit, die ich gekauft hatte, es war so eine Kamasutra-Musik, die stimulierend und entspannend zugleich sein sollte. Ein leichter Weißwein war im Eisschrank. Und ich hatte mir sündhaft teure Dessous von La Perla gekauft. Es würde klappen, ich wusste es. Nur um eine Kleinigkeit musste ich mich noch kümmern. Das Kondom.

Er kam pünktlich. Als ich den Schlüssel klappern hörte, nahm ich meine Pose im Türrahmen des Wohnzimmers ein, sinnlich, lässig, verführerisch. Hinter mir leuchtete ein Meer von Kerzen. Ich hatte mich gebadet, eingecremt und duftete nach dem neuen Chanel-Parfüm. Er würde mich wahrscheinlich sofort auf dem Fußboden nehmen. Ich war zu allem bereit. Finn öffnete die Tür. Ich lächelte. Er kam herein. Mein Lächeln gefror.

»Was ist denn mit dir passiert?«, rief ich entsetzt.

Er hatte ein blaues Auge, eine aufgeplatzte Lippe und humpelte leicht mit dem rechten Bein. »Ach, Benno war verletzt, da habe ich heute das Sparring mit Attila gemacht. Dabei hab ich mir ein bisschen mein kaputtes Knie verrenkt.«

Ich nahm ihm die Sporttasche ab und bot ihm meine Schulter zum Abstützen an. »Dann hab ich das Richtige für dich, dein Lieblingsessen. Lass dich heute mal verwöhnen.«

»Es riecht fantastisch, und du auch. Aber ich fürchte, ich kann gar nichts essen, ich will nur ins Bett.«

Na gut, dann gab es das Dessert zuerst. »Okay, Süßer, dann ab mit dir.«

Finn humpelte ins Schlafzimmer. »Kannst du mir den Eisbeutel mitbringen?«, rief er. Aber sicher. Ich eilte zur Anlage und machte die CD an, schwebte ins Schlafzimmer und legte ihm das Kühlelement sanft auf den Kopf. Dann fing ich an, über seine Brust zu streicheln und mich weiter nach unten vorzutasten.

»Oh ... Ich glaub, ich kann heute nicht, ich bin echt fertig«, ächzte er unter seinem Eis. Wenn sein Kopf ein bisschen ausgeknockt war, fand ich das gar nicht schlimm. Im Gegenteil. Er sollte ruhig benommen sein, Hauptsache, sein kleiner Freund war topfit – und das war er!

»Entspann dich einfach«, hauchte ich. Die sanfte Melodie des Kamasutra umfing uns, wohltuende Sitar-Klänge, gepaart mit einer akustischen Gitarre und Vogelzwitschern entführten uns in ein exotisches Paradies. Ich beugte mich zu ihm hinunter und brachte mein ganzes Repertoire an den Mann. Finn stöhnte, und als ich merkte, dass er so weit war, öffnete ich die Nachttisch-Schublade.

»Soll ich das nicht machen?«, murmelte Finn.

»Nein, entspann dich. Heute wirst du komplett verwöhnt.«

Trommeln trieben die Sitar an, der Rhythmus steigerte sich langsam. Ich nahm das Kondom, tat so, als ob ich die Packung aufriss. Eine vorlaute Flöte gesellte sich zu den Instrumenten, und kaum durfte sie mitmischen, wollte sie die erste Geige spielen. Sie wurde regelrecht hysterisch. Ich rollte das Kondom über. Eine E-Gitarre versuchte die Flöte zu übertrumpfen.

Finn fasste sich an den Kopf. »Was ist das für schreckliche Musik? Kannst du die leiser machen? Mir platzt der Schädel.« Seine Erektion begann zu schrumpfen.

»Aber sicher, Schatz, bleib genau so, bin gleich wieder da.«

Ich hastete ins Wohnzimmer und stellte die Musik aus, entledigte mich meines Höschens und eilte zurück ins Schlafzimmer. Er hatte sich wieder aufgerichtet. Leider nicht der, auf den es ankam. Finn schaute verdutzt auf seinen verhüllten Penis.

»Was ist das denn?«

»Was?«

»Das.« Er zog das durchlöcherte Kondom ab und steckte einen Finger durch. »Dieses Kondom hier hat ein Loch, das selbst das Ozonloch über der Antarktis in den Schatten stellt.«

Ich war wohl etwas zu gründlich gewesen. Lachend sagte er: »Zum Glück hab ich das noch bemerkt, was?«

Er sah mich an. Ich wusste nicht, was ich sagen sollte. Was mich verraten hat, war – so glaube ich heute –, dass ich unbewusst mein Ohrläppchen knetete. Finn wusste genau, dass ich das nur tat, wenn ich verlegen war. Seine Mundwinkel fielen ins Bodenlose.

»Was ist hier los?«, fragte er. Diesen Tonfall hatte ich noch nie von ihm gehört, und er fuhr mir wie ein rostiger Dolch in den Magen.

»Anna, was ist hier los?« Er stand auf und ging auf mich zu. Seine Augen! Das linke zugeschwollen, das andere weit aufgerissen, blitzten sie mich an, kalt wie zwei tote Fische am Grund des Eismeers.

»Du willst mir doch nicht erzählen, das hättest du beim Aufziehen nicht gemerkt?« Er nahm meine Schultern und schüttelte mich leicht. »Jetzt sag was, bevor ich mich vergesse.«

»Ich …«, ich wandte mich ab und warf mich aufs Bett, »… ich wollte eben ein Baby«, schluchzte ich. »Meine Eizellen …«

»*Du* wolltest ein Baby? *Du?*«

Ich weinte lauter. »Jaaaa, weil doch …« Ich holte stakkatoartig Luft, wie man es im Fortgeschrittenenkurs »Heulen zum Steinerweichen« lernen würde.

Aber Finn war keineswegs beeindruckt. »Und ich dachte, wir wären ein *Wir*. Aber da hab ich mich wohl getäuscht.«

»Ich wollte das Baby für *uns* … Und außerdem ist doch gar nichts passiert«, presste ich zwischen zwei Schluchzern hervor.

»Nichts passiert? *Nichts passiert?*« Er humpelte aufgebracht durchs Schlafzimmer. »Jetzt passiert aber was.«

Er zog sich an, warf ein paar Klamotten in die Tasche und ging.

11 

Ich meldete mich sofort krank. Unmöglich hätte ich am nächsten Tag die Nachrichten lesen können. Das Datum trieb mir schon die Tränen in die Augen, der sechste Mai, Tag eins nach Finn. Ganz zu schweigen von Worten wie *Streit* unter Koalitions*partnern* oder *Loch* in der Haushaltskasse. Ich hatte Eddy sofort alarmiert, aber sie hatte Nachtschicht bei RTL, »Moderatoren zukleistern«, wie sie ihren Job als Visagistin nannte. Am nächsten Nachmittag war sie endlich da. Sie hatte eine Augenkühlmaske dabei, eine Flasche Wodka und den Film »The way we were« mit Barbra Streisand und Robert Redford.

»Hier – das Notfallpaket«, sagte sie, legte die Sachen auf den Tisch und setzte sich auf den Sofarand. Ich heulte wie ein Schlosshund. »Mensch, Anna, es tut mir ja so leid.« Sie streichelte meine Schulter.

Das Gute an Eddy war, dass sie einem nie Vorwürfe machte, die anfingen mit »Ich hab's dir ja gesagt« oder »Hättest du doch auf mich gehört«. Sie war jemand, der nach vorn schaute. Jemand mit Prinzipien. »Ach, du Scheiße«, entfuhr es ihr, und sie ging zum Tisch.

»Was?«, schluchzte ich in das Kissen. Ich konnte mir denken, was ihren Ärger verursachte. Sie trank zwar gerne einen über den Durst und kiffte ordentlich, aber das, was ich getan hatte, würde sie niemals machen. Ich hielt mir die Ohren zu, um ihre Standpauke abzuschwächen.

»Bist du wahnsinnig geworden? Weißt du eigentlich, wie gefährlich dieses Pulver ist? Das zieht dich echt runter! Und einmal damit angefangen, ist es total schwer, wieder aufzuhören. Ich weiß ja, dass es dir dreckig geht, aber das geht echt zu weit. Dieses Zeug ist das totale Gift!«

»Jetzt hab dich nicht so, ich hab es nur einmal genommen bisher«, versuchte ich mich zu rechtfertigen.

Eddy sah mich mit strenger Miene an und trug angeekelt die Slimfast-Dose vor sich her, als wäre sie eine plattgefahrene Stadttaube. Ich hörte die Toilettenspülung rauschen.

Eddy kam wieder. »Was hast du dir dabei bloß gedacht?«

»Aber ich muss doch jetzt gut aussehen. Ich bin doch wieder Single!«, heulte ich.

Dieses schreckliche, schreckliche Wort! Single sein macht Spaß zwischen zwanzig und vierundzwanzig höchstens, aber sobald man auf die dreißig zugeht, ist das Etikett »Single« ein Makel, über dreißig ist es ein Stigma, ab fünfunddreißig der Untergang.

Eddy schnalzte mit der Zunge. »Ja, Schätzchen, ich weiß. Aber kein Mann findet dich attraktiver, bloß weil du ein paar Pfund weniger auf den Rippen hast. Im Gegenteil, die Männer mögen es ein bisschen cremig.«

Sie griff sich in die Seite und präsentierte den hervorquellenden Speck. »Siehst du das hier? Das nennt man nicht umsonst Hüftgold. Das ist meine Fahrkarte ins Paradies, Baby. Die Jungs lecken sich die Finger danach.«

Ich setzte mich auf und sah sie durch den Tränenschleier an. »Aber was soll ich denn jetzt tun?«

Eddy reichte mir ein Taschentuch. »Als Erstes hörst

du mal auf zu heulen. Ich meine, Finn hatte kaum eine andere Wahl, oder?«

Finn. Ich erinnerte mich genau, wie ich ihn kennengelernt hatte, im Sommer vor zehn Jahren. Eddy hatte an den Basketballplätzen der Sporthochschule vorbeischauen wollen, weil es dort so knackige Kerle gab. Ich hielt mich zurück und beobachtete ihren Flirt mit einem gut aussehenden Schwarzen.

Plötzlich wurde auch mir schwarz vor Augen. Ein Ball hatte mich an der Schläfe getroffen. Als ich aufwachte, beugte sich Finn über mich und hielt meinen Kopf. Er sah aus wie ein Filmstar, fand ich, sehr kurzes braunes Haar, seine Augen dunkel wie Nussnougatcreme mit einem funkelnden grünen Ring um die Pupille. Er trug kein T-Shirt. Ich richtete mich auf und hielt mich an seiner Schulter fest, an dieser weichen, warmen Haut über den harten Muskeln. Er hatte die olympischen Ringe über seinem Bizeps eintätowiert. Ich will auch einen Ring von dir, lag mir auf der Zunge, und beinahe wäre ich wieder in Ohnmacht gefallen, nur damit er mich weiter festhielt und nie mehr losließ. Er bot an, mich zum Arzt zu fahren und meinen Kopf überprüfen zu lassen, aber ich sagte ihm, eine Apfelschorle würde es auch tun. Er lachte. Ich nahm ihn mit zu mir, und er blieb.

»Ich heul doch nicht wegen Finn!«, jammerte ich.

»Hä? Weswegen dann?«

»Meine Eizelle … Auch sie wird sterben, unbefruchtet und einsam, so wie ich!«

Eddy zog geräuschvoll die Luft durch die Nase. »Kindchen …«

»Sie hat noch nicht mal eine Chance bekommen! Ihr Leben hatte keinen Sinn, so wie meins keinen Sinn hat!« Ich kam langsam richtig in Fahrt.

»Das ist doch alles nicht so schlimm«, versuchte es Eddy. »Komm, nimm mal einen Schluck Wodka. Danach sieht die Welt schon ganz anders aus.«

»Meine fruchtbare Zeit wird aufgesogen von einem Stück Watte! Zieh dir das mal rein! Meine Zukunft verschwindet in einem Tampon!«

Ich fand selber, dass ich hysterisch klang, aber ich konnte nichts dagegen machen. Eddy flößte mir ein Glas Wodka ein, ich schluckte zwischen den Schluchzern das Zeug runter. Es brannte sich durch meine Speiseröhre und lenkte mich für kurze Zeit von meinem Elend ab.

»So, siehst du«, gurrte Eddy, »jetzt geht es dir besser.« Sie schenkte sich auch ein Glas ein.

»Wie steh ich denn jetzt da? Ich habe die besten Jahre meines Lebens vergeudet ... meine Schwester – gerade neunundzwanzig und schon das zweite Kind! Ich hör schon meine Eltern sagen«, ich äffte die Stimme meiner Mutter nach, »aber Kind, du bist fast fünfunddreißig!«

Ich konnte einfach nicht aufhören zu schluchzen. Eddy gab mir noch einen Wodka. Ich stürzte ihn hinunter und genoss, wie er sich, ohne auf Hindernisse zu stoßen, in meinem malträtierten Körper ausbreitete. Welch ein Trost nach der Heulorgie und der morgendlichen Slimfast-Tortur! Welch Stärkung für mein gebeuteltes Ego!

»Ich wollte doch nur ein Baby von ihm! Ist das etwa ein Verbrechen?«, beschwerte ich mich, lauter und heftiger. Der Zorn entsprang der reinen Quelle des Vierzigprozentwässerchens.

»Na ja«, lenkte Eddy ein, »es ist nicht gerade eine Kleinigkeit wie 'ne Tantramassage oder ein Amsterdam-Trip zum Valentinstag.«

»Er ist der Verbrecher«, lallte ich und sprang wild gestikulierend auf, »er hat meine Eizellen auf dem Gewissen.

Weil er sich weigert, erwachsen zu werden und Verantwortung zu übernehmen! Dieses Schwein! Gib mir noch'n Schluck.«

»Komm, Anna, setz dich.« Sie schenkte mir das Glas nur halb voll. »Jetzt beruhige dich und überleg, was du jetzt machen willst.«

»Oh, Eddy, wenn isch disch nisch hätt.« Ich umarmte sie und gab ihr einen Kuss auf die Wange.

»Ist ja gut«, meinte sie. »Also: Wenn du Finn zurück willst, dann musst du dir wohl eine gute Entschuldigung einfallen lassen.«

»Was sollisch mit dem? Dem isses doch scheißegal, was aus mir und meinen Eiern wird.«

Ein Osterhase hoppelte vor mir her, er trug einen Korb mit buntbemalten Eiern auf dem Rücken und verschwand hinter der Wegbiegung.

»Wassisch brauch, Eddy. Edwina.« Ich kicherte. »Wassisch brauch, is'n Erzeuger. Isch brauch 'n Vadder für meine Kinder, un zwar jetzt, bevor's ein für alle Mal zu spät is.«

Ich legte mich aufs Sofa, und mir fielen die verschwiemelten Augen von alleine zu. Ich hörte Eddys mahnende Stimme, dass ich mir darüber im Klaren sein müsste, dass ich es zur Not alleine durchziehen müsse, so richtig als alleinerziehende Mutter.

Ich murmelte: »Klare Sache. 'n Erzeuger. Das is, wassisch brauch«, und schlief ein.

12

Im Anfang schuf Gott den Himmel und das Shopping. Wenn es eine Bibel für Single-Frauen gäbe, so würde sie beginnen. Eddy hatte mich verdonnert, mir einen neuen Look zu verpassen, und so folgte ich ihr durch die Girlie- und Luderabteilungen, die sich über Nacht in der Stadt ausgebreitet zu haben schienen. Kaufen war gut, viel kaufen war besser, das war klar, aber irgendwie gefielen mir die Sachen nicht.

»Ist das nicht ein bisschen zu jugendlich für mich?«, zweifelte ich, als Eddy Hüfthosen und durchsichtige Tops hochhielt.

»Ach was. Man ist so alt, wie man sich fühlt.« Sie gab mir eine pinkfarbene Plüschjacke. Ich fühlte mich alt. Sehr alt. Und unattraktiv. Es würde sowieso nichts bringen. Ich würde keinen Mann finden, der mich schwängerte. Ich seufzte und hängte die Jacke weg. Eddy sah mich rügend an. »Anna, die Konkurrenz ist stark in dem Geschäft. Es wird mit harten Bandagen gekämpft, darüber bist du dir doch wohl im Klaren, oder?« Da ich nicht antwortete, wiederholte sie: »Oder?«

Ich nickte. Mir war nach Heulen zumute.

»Na also.« Sie drückte mir das pinkfarbene Monstrum wieder in die Hand.

»Wie wäre es hiermit?« Ich hielt ein geblümtes Kleid hoch.

»Anna! Für Umstandskleidung ist es wohl ein bisschen früh!«

Ich nahm einen schwarzen Rock mit weißen Punkten vom Ständer. Er war ganz süß, im Fünfzigerjahrestil.

»Und das?«, fragte ich.

Eddy warf nur einen flüchtigen Blick darauf. »Damit siehst du aus wie deine Oma. Hier, das ist das Richtige.«

Ich wusste nicht, was das sein sollte, bis ich erkannte, dass es sich bei dem Fummel tatsächlich um ein Kleid handelte.

»Darin sehe ich doch aus wie ein Pornostar«, empörte ich mich.

Nachdem wir das ganze Kaufhaus durchstöbert hatten, kam ich zu dem Schluss, dass es nur zwei Arten Mode gab: Schlampe oder Gouvernante. So blieb mir nichts anderes übrig, als mir von Eddy die knappsten Teile in die Umkleidekabine schleppen zu lassen. Bald türmten sich die »echt derben Outfits«, wie Eddy sie nannte, um mich herum.

»Was ist das denn? Nachthemden brauche ich keine«, protestierte ich angesichts eines weißen, halbdurchsichtigen Kleidchens mit Lochmuster am Saum.

»Das ist Lingerie-Look, Schätzchen, das ist *die* Style-Bombe«, erwiderte Eddy.

Also gut. Eddy stöberte weiter, sie wollte nach Boho-Chic suchen, was auch immer das sein sollte. Ich setzte mich auf den Hocker. Ich wusste nicht, was ich zuerst anprobieren sollte, und war schon erschöpft. Der Kloß im Hals wollte nicht verschwinden. Wenn irgendeiner mich schief ansähe, würde ich anfangen zu heulen.

Zum Glück hatte ich Schokoriegel eingepackt. Mein einziger Trost, denn auch diesen Monat würde ich meine

Tage bekommen. Wie dunkle Wolken am Horizont türmte sich die Schleimhaut in der Gebärmutter auf, um bald in einem Gewitter aus Krämpfen abgestoßen zu werden. PMS. Gab es etwas Hinterfotzigeres als das Prämenstruelle Syndrom? Nur dazu erfunden, um uns Frauen zu quälen. Um uns zu zeigen, dass wir mit unserem Streben nach Karriere und Unabhängigkeit Unrecht hatten und die Biologie im Recht war. Egoismus hatte nicht den Hauch einer Chance gegen die Natur, das wurde mir Monat für Monat am eigenen Leib klar gemacht. Früher, da hatte ich nicht mal gewusst, was PMS war, genau wie es mal eine Zeit gab, in der ich nicht wusste, was Orangenhaut war. Ha! Selig sind die Unwissenden. Das war der Lauf der Dinge: die Spannkraft der Haut ließ nach, die Menstruationsbeschwerden nahmen zu – und die verdammten Kleidergrößen schrumpften!

Ich hing x-beinig in einer Satinstretchhüfthose fest, die nur bis zu den Oberschenkeln gehen wollte und nicht einen Millimeter weiter. Wie konnte das denn sein? Sonst hatte mir doch auch 38 gepasst, aber 40 allemal! Ich sah in den Spiegel. Anstatt nur mit meiner Vorderansicht geschockt zu werden, wie das früher der Fall war, machten die Umkleidekabinen des 21. Jahrhunderts sich einen Jux daraus, einen aus allen Winkeln zu beleuchten. Ich sah eine fahle Frau mit Cellulite an den Oberarmen, deren Beine von einer orangefarbenen Python verschluckt worden waren. Meine Haare lagen dermaßen beschissen, dass ich mir vornahm, gleich einen Hut zu kaufen. Ein Schluchzer stieg aus meinen gebeutelten Eingeweiden herauf, als ich versuchte, mich aus der Hose zu befreien. Diese verdammten Wassereinlagerungen! Das war das Allerschlimmste! Und alles wegen Finn.

»Hey, Anna, ich hab ein echt krasses Teil für dich,

eine …« Eddy schaute durch den Vorhang. »… Sun Visor Cap.«

In der Hand hielt sie eine hellgrüne durchsichtige Plastik-Kappe, wie sie alternde Tennisdamen trugen, um von den schwabbeligen Beinen abzulenken. »Äh, ich hab Armstulpen gesehen. Soll ich welche holen?«

»Hilf mir erst mal aus der Hose.« Auch die zweite, eine Jeans, war sehr eng, und ich hatte sie mit Gewalt angezogen, weil ich dachte, der verdammte Stretch muss jetzt eben mal zeigen, was er drauf hat. Ich hatte es mit aller Kraft geschafft, den Knopf zu schließen. Aber jetzt kriegte ich ihn kaum noch auf. Meine Fingerkuppen schmerzten, etwas riss, ich konnte nicht hinsehen, aber ich glaube, es war das Knopfloch. Ich ließ mich auf den Hocker plumpsen und streckte Eddy ein Bein entgegen. Sie hatte gerade den Stoff gepackt, da klingelte mein Telefon.

»Scheiße«, keuchte ich, »Eddy, zieh!«

Während Eddy an den Hosenbeinen riss, angelte ich mir das Handy aus meiner Tasche. Vielleicht war es Finn, der sich entschuldigen und mir sofort ein Kind machen wollte.

»Wie bist du da bloß reingekommen?«, japste Eddy.

»Aua!«, schrie ich, »pass doch auf!« Sie hatte mich mit ihren langen Fingernägeln gekratzt.

»Wieso geht das Scheißding nicht ab?« Sie versuchte einen anderen Griff.

»Wahrscheinlich ist in den Cellulitelöchern ein Vakuum entstanden, und die Hose hat sich festgesaugt«, gab ich schnippisch zurück und ging ans Telefon. »Hallo?«

Eddy guckte mich sauer an und zog fester.

»Kindchen, das ist ja schrecklich!« Meine Mutter hielt sich nicht mit Begrüßungen auf. In diesem Moment flutschte mit einem Rutsch die Hose ab, wobei Eddy hinterrücks aus der Kabine fiel und ich fast vom Hocker stürzte. Ein gurgelndes Geräusch und ein Entsetzensschrei entfuhren meiner Kehle.

»Du tust dir doch nichts an, Kindchen, oder?«, meinte meine Mutter erschrocken.

»Nee, Mama, alles klar«, antwortete ich.

Eddy verdrehte die Augen und sagte patzig: »Ich hol mal ein paar Sachen in einer Größe, die dir auch passt.«

Ich legte die Hand aufs Handy-Mikrofon. »Das wäre äußerst reizend.«

»Was ist denn bei dir los?«, fragte meine Mutter.

»Ich präsentiere mich auf dem Single-Basar, und du weißt ja, wie das da zur Sache geht, wie beim Winterschlussverkauf.«

»Papa hat gesagt, er habe das kommen sehen. Ein Diplomsportler, das konnte ja nicht gutgehen.«

»Diplom-Sport*lehrer*, Mama, wie oft soll ich das noch sagen?«

»Das tut doch nichts zur Sache. Du hast was Besseres verdient, das hat Papa immer gesagt.«

»Mama, fang nicht wieder damit an.«

»Und jetzt? Was machst du jetzt?«

»Was soll ich schon machen?«

»Na, Kindchen, wo willst du denn in deinem Alter noch einen Mann auftreiben? Die besten sind doch längst weg!«

»Ich werd das schon schaffen«, seufzte ich. Sicher, ich glaubte nicht daran. Eine Frau mit PMS, die zuversichtlich ist, ist so selten wie ein Elefant am Nordpol. Aber meine Mutter glaubte es offensichtlich auch nicht.

»Siehst du, wie gut es ist, dass du eine Mutter hast, die dich immer unterstützt …«

Genau, bis auf die Kleinigkeit, mir meinen Freund

madig zu machen. Besser gesagt, meinen Ex-Freund. Die Tränen traten mir in die Augen. Ex-Freund. Denk an was anderes, ermahnte ich mich. Nur nicht heulen. Jetzt nur nicht heulen!

»... da traf ich doch im Rathaus diesen entzückenden jungen Mann, Eberhard Wiesehoff, und weißt du, was er sagte?«

»Was?«, schluchzte ich. Ich konnte nichts dagegen machen. Mein Tränenkanal war so breit wie der Amazonas.

»Er sagte, er hätte dich getroffen.« Meine Mutter klang, als wäre sie soeben zur Bundeskanzlerin gewählt worden.

»Na und?« Ich schniefte.

»Er sagte, es wäre schön gewesen, dich wiederzusehen.«

Meine Mutter hatte immer noch was in der Hinterhand. Sie brachte die Neuigkeiten immer häppchenweise, genau wie sie sich beim Essen das beste Stück zum Schluss aufbewahrte.

»Er lässt dich schön grüßen.« Ihr Triumph war immer noch nicht vollkommen.

»Was?«, brachte ich heraus.

»Und er hat mir seine Telefonnummer gegeben – für dich!«

Ich zog bloß geräuschvoll die Nase hoch.

»Siehst du, ich wusste, dass du dich freust. Er ist aber auch wirklich ein guter Fang. Wirtschaftsprüfer! Weißt du, was die verdienen?«

»Ist mir egal.«

»Und er hat sich gerade von seiner Freundin getrennt, einem Model, und er ist ja auch sehr engagiert in der Politik, wenn auch für die falsche Partei, ha ha ...«

Meine Mutter konnte reden, was sie wollte. Reaktionäres Sperma kam nicht in die Tüte. Und dann das Rot seiner Haare! Wie rostiger Draht. Nachher sah mein Kind aus wie die uneheliche Tochter von Boris Becker und hatte den Charakter von Franz Josef Strauß!

Ein bisschen Würde musste man sich bewahren, selbst in einer so verzwickten Situation! Entschlossen, mein Schicksal selbst in die Hand zu nehmen, legte ich auf, riss den Vorhang der Umkleidekabine auf und machte einen großen Schritt, hinein in mein neues Leben. Ich würde selbst einen Mann finden und neue Klamotten allemal! Applaus brandete auf in meinem Kopf – und ich freute mich, dass ich so schnell zu mir gefunden hatte und wieder ich selbst war. Ein Pfiff ertönte, und ich wurde der Gruppe Jugendlicher gewahr, die johlend aus der Jeansabteilung zu mir herübersah.

»Hier, aus der Elefantenabtei…«, polterte Eddy, die mit neuen Kleidern herbeistürzte, plötzlich innehielt und mich musterte. »Das nenn ich mal einen radikalen Typenwechsel«, grinste sie. Ich sah an mir herunter. Alles, was ich anhatte, war ein ausgeleierter String-Tanga in verschossenem Orange. Mit einem Satz sprang ich in die Kabine zurück und zerrte etwas zu schwungvoll an dem Vorhang. Er riss an einer Seite ein. Eddy lachte wie verrückt, während ich meinen hochroten Kopf zwischen den Händen versteckte. Jetzt war klar, dass ich ein neues Outfit brauchte: Allein deshalb, damit mich niemand erkannte.

Wir warteten, bis sich die Aufregung rund um die Umkleiden gelegt hatte, dann schlichen wir uns aus dem Kaufhaus. Den Klamottenberg ließen wir zurück. Eddy musste unbedingt bei den Schminksachen stehenbleiben, ich eilte voraus, nichts wie hinein in die rettende Anonymität der Fußgängerzone. Der Eingang war nur noch ein paar Meter entfernt, da ging plötzlich ein hochgewachsener, kräftiger Mann neben mir, der mit unwiderstehlichem Ton sagte: »Würden Sie bitte mitkommen?«

Ich wollte gerade protestieren, da sagte er leise, aber eindringlich: »Unauffällig, bitte.«

Mir brach der Schweiß aus. Erregung öffentlichen Ärgernisses, Vandalismus, Unordnung in der Umkleidekabine, vielleicht hatte ich sogar aus Versehen etwas mitgehen lassen, schoss es mir durch den Kopf. Ich wagte einen Blick auf den Ladendetektiv. Er war sportliche zwei Meter groß, hatte eine Glatze, aber üppiges Brusthaar, das aus dem Reißverschluss seiner blauen Streetwear-Jacke rankte. Für einen Ladendetektiv ganz schön hip, aber das gehörte sicher zur Tarnung. Er trug eines dieser Ziegenbärtchen, die ich eigentlich albern finde, aber manchen Männern das gewisse Etwas geben.

Er zeigte mir mit bestimmter Geste den Weg. Testosteron, fiel mir ein, es hieß doch immer, Männer mit Glatze und Brustbehaarung seien vollgepumpt mit männlichen Sexualhormonen. Wir durchquerten die Haushaltswarenabteilung und näherten uns dem Bistro, daneben war eine graue Flügeltür und dahinter sicher die schmucklosen Büros, die Katakomben der Detektive, von wo aus sie ihr schmieriges Handwerk betrieben.

Plötzlich fiel mir auf, dass er mir meine Rechte noch nicht vorgetragen hatte: »Sie haben das Recht zu schweigen, denn jedes Ihrer Worte kann vor Gericht gegen Sie verwendet werden« oder so ähnlich. Das ging aber nun wirklich zu weit! Als Single hatte man nur Ärger! Wurde diskriminiert, ohne dass es irgendjemanden störte! Dabei musste die Gesellschaft doch gerade auf ihre schwächsten Mitglieder Rücksicht nehmen, auf ihre verwundbarsten Opfer: die Single-Frauen Mitte dreißig, die gerade von PMS gebeutelt wurden. Es war an der Zeit, dass sich jemand dagegen auflehnte! Es war an der Zeit, dass jemand die Menschen aufrüttelte! Es war an der Zeit, aufzustehen und zu sagen: »Haben Sie auch Haare auf dem Rücken?«

Der Testosteronmann drehte sich belustigt zu mir um.

»Äh, ich meine: Ich rufe meinen Anwalt!«, rief ich.

Er antwortete: »Milchkaffee oder Cappuccino?«

»Was?«

Wir waren vor dem Bistro stehengeblieben. Er schmunzelte und fragte noch einmal: »Milchkaffee oder Cappuccino?«

»Hä? Sind Sie nicht ... Wieso? ... Was?«

Es war eine Anmachmasche, so einfach war das. Ich ärgerte mich über seinen Betrug, der mein Deo zu Höchstleistungen herausgefordert hatte. Er lächelte. Er hatte Grübchen. Der Ärger war schneller verflogen, als man Sex sagen kann. Als Eddy mich einholte, hatte ich dem Testosteronmann namens Ralf Krause schon meine Telefonnummer gegeben zwecks Treffen zu einem günstigeren Zeitpunkt.

Ich war wieder obenauf. Ich war begehrt! Es würde nicht lange dauern, und ich hätte einen Mann, mit dem ich mich paaren konnte. Und dann: Gestatten, Anna Rasche, zwölfte Woche, hier ist mein Mutterpass.

Im nächsten Shop, einer – laut Eddy – echten »Burner-Boutique«, erstand ich einige Klamotten im Ethno-Look, mit Pailletten und Perlen bestickt, dazu eine monströse Sonnenbrille, eine Fellweste in Hellbraun, drei lange Ketten und vier Bettelarmbänder, einen Lederhut, »wie ihn

Sienna Miller letztens getragen hat« – mehr brauchte Eddy nicht zu sagen, um mich zu überzeugen, denn die Schauspielerin und Ex-Freundin von Jude Law war bekanntermaßen eine Stilikone.

Die Ballonmütze aus violettem Leder konnte ich gerade noch abwehren, dafür ließ ich mir von Eddy einen Stufenrock in Zitronengelb und einige Satintops aufschwatzen. Ich zog bei der Anprobe vor meinem geistigen Auge einfach die Wassereinlagerungen ab und kaufte die Sachen. Einige saßen zwar etwas eng, aber das würde sich schon legen, wenn das PMS verschwand. Wenigstens war mein Dekolleté aufgeplustert, auch ohne Push-up-BH, und selbst wenn meine Brüste schmerzten, ein bisschen mehr Holz vor der Hütte hat noch nie geschadet, wenn man auf Männerfang war.

Im Café Spitz legten wir eine Verschnaufpause ein. Ich trank einen Milchkaffee und musterte verstohlen die Männer. Ich hatte den Sienna-Miller-Hut auf und lugte unter der Krempe in den Saal. Ich kam mir geheimnisvoll und sexy vor. Ein schnuckeliger Typ, der mich an Keanu Reeves erinnerte, kam herein und schaute sich um. Ich sandte ihm meine erotische Energie quer durch den Raum. Er erblickte mich und zwinkerte. Ich schlug kokett die Augen nieder, wischte mit dem Finger einen Milchschaum-Klecks vom Tassenrand, steckte mir den Finger in den Mund und sah ihn wieder an. Flirten war ja so einfach!

»Wie wär's mit dem da?«, fragte Eddy. Keanu Reeves kam auf mich zu. Na also, dachte ich, wozu brauche ich meine Mutter? Ich hatte einen Sienna-Miller-Hut und jede Menge Charme, dem kein Mann widerstehen konnte. Keanu hatte unseren Tisch erreicht. Eddy stieß mich in die Seite. Ich richtete mich auf, wollte gerade was sagen, da ging Keanu an uns vorbei und gab der dicken Frau hinter uns einen Kuss.

»Nee, ich glaub, der gefällt mir nicht«, sagte ich.

Mein Handy summte.

Hallo, Traumfrau. Du hast mich im Sturm erobert. Treffen am Wochenende? It's partytime! Philipp Marlow, äh ... Ralf K.

»Testosteron, ich sag's ja«, grinste ich und zeigte Eddy die SMS.

Er holte mich ab, in einem roten Alfa Romeo Spider. Es war noch zu kalt, das Verdeck runterzuklappen, aber ich fühlte mich wie ein Filmstar. Und bis das Baby käme, hätte er noch genug Zeit, sich einen VW Passat zu kaufen. Er hielt mir die Tür auf wie ein Gentleman. Ein Gentleman mit norddeutschem Akzent voller Testosteron. Ich hatte mir vorgenommen, es langsam angehen zu lassen. Mein nächster Eisprung war erst in drei Wochen, bis dahin würde ich ihn unter die Lupe nehmen. Er war Comiczeichner.

»Und was sind das für Comics?«, fragte ich. Während er was über einen kleinen Fridolin erzählte, malte ich mir aus, wie er das Kinderzimmer gestalten würde. Wir bräuchten keine Tapete, weil er die ganzen Wände mit Cowboys, Squaws, kleinen Hasen, Rehkitzen, fliegenden Elefanten, Clownsfischen und Zauberern verzieren würde, die alle zusammen in einer farbenprächtigen Welt wohnten, einer Welt nur für Kinder. Mein Peter Pan, seufzte ich mit einem Seitenblick auf sein männliches Profil, er will einfach nicht erwachsen werden.

»Wo ist die Party von deinen Freunden?«, fragte ich.

»Wir sind gleich da. Ich denke, es wird dir gefallen. Es

ist echt locker und ungezwungen, aber alles sauber und hygienisch einwandfrei. Gutes Publikum.«

Ein Mann mit Sinn für Hygiene! Konnte es noch besser werden? Er würde niemals im Stehen pinkeln und auch von selber einen Putzeimer in die Hand nehmen. Ich wusste, dass es ein toller Abend werden würde. Ich hatte mich in eines meiner neuen Outfits geschmissen und fühlte mich fantastisch.

»Da sind wir«, sagte er und bog auf den Parkplatz ein. Er stellte den Motor aus, nahm mein Kinn sanft in die Hand und sagte: »Ich wusste gleich, dass wir füreinander bestimmt sind.«

Ein Prickeln lief über mein Gesicht und breitete sich auf dem ganzen Körper aus.

»Bereit?«, fragte er. Ich nickte und stieg aus.

Die Fenster waren verdunkelt, aber viele Lampen erhellten die Fassade des schlichten Wohnhauses. Hören konnte man nichts von innen. Aha, Schalldämmung, dachte ich, das wird sicher eine witzige Party. Vielleicht können wir tanzen. Ralf klopfte an die Tür. Ein kleines Fenster wurde geöffnet, und ein bleiches Männergesicht schob sich davor wie ein Mond. Das wunderte mich schon ein bisschen, aber was soll's. Manche hatten Gartenzwerge, andere Buchsbäume in Form von Windmühlen und wieder andere ein Sichtfenster in der Tür. Das Gesicht grinste, als er Ralf sah.

»Ah, der Mann mit der spitzen Feder!«

Ralf lachte, und ich stimmte ein. Ein Comiczeichner war eben was Besonders. Das Mondgesicht kullerte seine Augen in meine Richtung und pfiff anerkennend. »In Begleitung«, stellte er fest. »Na, dann reinspaziert.«

Er öffnete die Tür, und ich staunte über seine legere Aufmachung. Er trug nur einen gelben Bademantel.

»Ich war gerade in der Sauna«, entschuldigte er sich, »ist herrlich heute, vielleicht habt ihr ja auch Lust?«

Ich lachte. »Nee, mir ist warm genug.«

»Das ist Rob Roy«, stellte mir Ralf ihn vor.

»Angenehm, Anna.«

»Na, dann legt ab und kommt mit.«

Ich folgte Rob Roy durch einen dunkelgrünen Samtvorhang. Während der Flur ausgesehen hatte wie in jedem spießigen Reihenhaus der westlichen Hemisphäre, mit einem großen Spiegel, dessen Rahmen eine Katze darstellte, einer Ikea-Garderobe und einem Billig-Kronleuchter, überstieg die Wohnlandschaft hinter dem Vorhang sogar meinen Horizont in Sachen Dekoration. »Wow«, entfuhr es mir, »das nenne ich extravagant.«

Auf dem weitläufigen Boden wucherte weißer Flokati. Unzählige Sitz- und Liegemöbel in üppigem Plüsch standen verteilt im Raum, die Bar an der rechten Seite war über und über mit funkelndem Strass besprenkelt, die Barhocker leuchteten in rotem Lack. Eine Discokugel ließ Lichttupfer durch den Raum schweben, wie warme Schneeflocken sanken sie auf den Wänden und dem Boden nieder. Frank Zappa ließ dazu seine Gitarre jaulen. Es war mollig warm.

»Ihr seid ziemlich früh«, sagte Rob Roy und mixte uns zwei bunte Cocktails. Der Gürtel seines Bademantels fing an sich zu lösen. »Mary, Gäste«, brüllte Rob Roy.

Schon konnte ich einen Streifen prallen Wanst sehen. Ich begann mich unwohl zu fühlen, aber Ralf lächelte mir zu, als wäre alles normal. Also gut, dachte ich, erst mal was trinken, und dann sehen wir weiter.

Ein Klimpern ertönte, und durch einen silbernen Perlenvorhang trat eine Frau. Ich wäre beinahe vom Hocker geplumpst. Während ich bei den knappen Hüfthosen und den durchsichtigen Tops im Kaufhaus die Tragbarkeit bezweifelt hatte, schien Mary sich um solche Kleinigkeiten wie Anstand und Moral nicht zu scheren. Sie trug einen Lederriemen, der sich um die ausladenden Formen ihres Körpers wand und weder die primären noch die sekundären Geschlechtsmerkmale bedeckte. Ich sah entsetzt zu Ralf. Er entledigte sich gerade seines Hemds und legte einen dichten Rückenpelz bloß. Das war mir dann doch zu viel Testosteron. Mit Entsetzen beobachtete ich, wie er Mary mit einem Küsschen begrüßte. Mein Entsetzen wuchs, als ich den Blick tiefer sinken ließ und Ralfs Hände knetend auf Marys Titten fand.

Ich schluckte angewidert und suchte nach Worten des Entkommens. Doch bevor ich was sagen konnte, kam ein weiteres Pärchen durch den Perlenvorhang. Eine ältliche Blondine in einem seidigen rosa Kimono und ein Mann mit einer Weste aus Bierbauch und einer Schürze aus Fett, die sein schlaffes Gehänge leider nicht zu verdecken vermochte. Die Blondine kreischte, als sie Ralf sah: »Ah, da bist du ja! Du musst mir deine neuesten Werke signieren!«

Auf einmal hielt sie zwei dünne, große Bücher in der Hand, die sie auf den Tresen legte. Rob Roy ließ seinen Bademantel von den Schultern gleiten, schmiegte sich im Adamskostüm von hinten an die Blondine und grabbelte unter ihrem Kimono.

»Ich hab mich köstlich amüsiert«, rief die Blondine und lachte gluckernd, als Rob Roy den Seidenstoff nach oben raffte und seine Hüfte an ihr Gesäß presste. Sie reichte Ralf einen Edding. Ich wusste nicht, wo ich hingucken sollte, deshalb schaute ich auf die Comic-Bücher. Da stand Ralfs Name über den Titeln. Das erste Buch hieß »Der kleine Frivolin im Ficki-Facka-Land«, das zweite

»Der kleine Frivolin lernt Flöte«. Darunter war ein glatzköpfiges Männchen in Lederkombi mit blankem Schritt abgebildet.

Ich sprang auf, gerade bevor sich der Bierbauch-Mann an mich heranmachen konnte, und in einem rekordverdächtigen Sprint rannte ich hinaus auf den Parkplatz. Ich blickte mich um, wo ich hinfliehen konnte, weg von dem Sündenpfuhl, da flog auch schon die Tür auf, und Ralf kam atemlos heraus. Er zog sich sein Hemd an.

»Was ist denn mit dir los?«, motzte er. Eine Zornesfalte grub sich zwischen seine Augenbrauen.

»Was los ist?« Ein irres Lachen kam aus meiner Kehle. »Was ist ... Was war ... Aber wieso?«

»Wieso was? Ich dachte, du stehst auf so was. Was sollte das sonst da im Kaufhaus? Dein Nackedei-Auftritt! Das war doch ein deutliches Zeichen!«

Es war ein deutliches Zeichen dafür, dass ich langsam, aber sicher verrückt werde, dachte ich. Ein Taxi fuhr vor, und zwei Paare stiegen aus, die uns mit wollüstigen Blicken bedachten, während sie zur Tür stiefelten. Ich zögerte keinen Augenblick und sprang in den Wagen.

13

»Exhibitionistische Veranlagung, was für ein Schwachsinn!«

»Oh Mann, ey«, sagte Eddy und wackelte mit den Augenbrauen. Klaus, ihr Freund, hatte meiner Erzählung regungslos gelauscht. Jetzt rollte er die Ärmel seines Strickpullovers hoch und nahm einen Schluck aus der Bierflasche.

»Ein Swingerclub! Das nenn ich mal ein ungewöhnliches erstes Date.« Er konnte ein Grinsen nicht unterdrücken.

Ich war immer noch stinksauer. »Soll er doch an seinem Testosteron ersticken!«

Ich hatte mich direkt zu meiner Freundin fahren lassen, um meine Wut loszuwerden und mir ein paar seelische Streicheleinheiten abzuholen. Eddy sah in ihren Rotwein, ihre Mundwinkel bebten, ihre Augen verengten sich zu Schlitzen, und ein Glucksen kündigte den Ausbruch an.

»Das ist nicht witzig«, rügte ich und brachte damit das Fass zum Überlaufen. Die Anspannung entlud sich in einem von Eddys berühmt-berüchtigten Lachanfällen. Klaus stimmte mit ein, die Küche quoll über vor Gelächter, ich schleuderte ihnen Blitze des Zorns entgegen, weil sie meine Situation nicht ernst nahmen, aber als Eddy die Tränen über die Wange kullerten, musste ich schließlich auch lachen.

»Der kleine Frivolin …«, japste ich.

»Scheiß drauf«, keuchte sie. Klaus holte neue Getränke, und wir stießen an.

»Es tut mir echt leid mit euch beiden«, sagte Klaus, »und Finn will keine Kinder?«

Ich schüttelte den Kopf. »Nein. Vielleicht später, meint er. Aber das reicht einfach nicht. Wenn er sich dann vielleicht irgendwann dazu bequemt, kann ich keine mehr kriegen. Nee, Leute. Nicht mit mir.«

»Ich wünschte, Eddy wollte welche«, seufzte Klaus.

»Aber du hast doch schon zwei, reicht das nicht?«, empörte sie sich.

Er umarmte sie. »Nein, denn ich möchte Kinder von dir, der schönsten Frau der Welt!« Er gab ihr einen Kuss.

Sie lachte. »Das sieht aber schlecht aus für dich, mein Lieber. Du weißt doch, ich und Kinder – das ist wie ein monogamer Brasilianer … das passt einfach nicht zusammen.«

»Ich geb die Hoffnung nicht auf!«

»Aber wo finde ich denn jetzt einen Mann?«, jammerte ich in mein Glas.

»In deinem Rotwein jedenfalls nicht«, sagte Eddy.

»Und im Kaufhaus wohl auch nicht«, grinste Klaus.

»Ha ha. Ihr seid mir ja eine große Hilfe.«

»Ein Kollege von mir hat seine Frau im Internet kennengelernt«, sagte Klaus.

»Genau!«, rief Eddy, »das ist die Idee! Wir müssen die Männersuche systematisch angehen.«

Klaus holte sofort seinen Laptop, und Eddy und ich machten uns auf die Suche. Singlebörse lautete das Zauberwort. Im Internet fand man billige Designer-Jeans, Computerschnäppchen, Kurse in Gemüse-Schnitzkunst, warum also nicht auch einen Mann für mich?

Die erste Seite baute sich auf. Auf kleinen Icons boten sich die Junggesellen feil. Ich klickte einen dunkelhaarigen Typ mit Dreitagebart an, Alter 34. Das Foto wuchs. Es war verwackelt. Genauso wenig Mühe hatte er sich mit dem Text gegeben. In der Rubrik *Ich über mich* schrieb er: Find's halt raus.

Hobbys: Egal.

Was ich nicht mag: blabla

Was mich abtörnt: Wirste dann schon sehn.

»Na bravo«, sagte ich.

»Idiot«, sagte Eddy.

Der Zweite nannte sich King, eine verklebte Tolle krönte sein mopsiges Gesicht, als Beruf gab er Musiker an.

Was ich mag: Frauen mit Entschlusskraft.

Meine Stärken: Anpassungsfähigkeit, Erdnussbuttersandwiches.

»Der sucht eine Mutter.« Eddy klickte ihn weg.

Der Nächste gab als *Charaktereigenschaften* an, dass er ein guter Zuhörer sei. Das Foto zeigte seinen Arsch in Großaufnahme. Der war zugegebenermaßen ziemlich knackig.

»Nicht schlecht!«, rief Eddy begeistert. »Schreib dem!«

»Und was? Hallo, du Arsch, ich möchte dich kennenlernen?«

Ich zeigte auf einen rustikalen Typ im Holzfällerhemd. »Klick mal den an.« Unter *Was ich nicht mag* las ich: »Gewalt ... und Zwiebeln«.

Bei *Hobbys* hatte er sämtliche Freizeitaktivitäten aufgeführt, die einem bei einem vierstündigen Brainstorming einfallen würden: Essen gehen, Filme, Kino, DVD, Video, Fernsehen, Lesen, Musik, Tanzen, Basteln, Reisen, Outdoor, Indoor, Kunst und Antiquitäten, Origami, Feng

Shui, Fotografie, Tarot, Kampfsport, Eiskunstlaufen, Politik, Religion, Yoga, Musizieren, Oper, Do-it-yourself, Museum ...

»Der hat Angst, sich festzulegen«, bemerkte Klaus, der sich dem Abwasch widmete. Wir suchten weiter.

»Hör dir das an«, sagte ich, »Konrad, 27 Jahre ...«

»Ist das nicht zu jung für dich?«

»Wieso? Je jünger, desto flinkere Spermien. *Beruf*: Schlossermeister. *Lieblingsfilm*: Die Brücken am Fluss! Was ist denn mit dem los?«

»Vielleicht ist er sensibel!«, meinte Eddy.

»Oder schwul und weiß nichts davon. Hier: Ich, sportl., romant., zuverläss., ohne BBB ... Was soll das denn sein? Ohne Bauch, Bart und ... Babywunsch?«

»Vielleicht ohne Bizeps, Bargeld und Benehmen?«

Ich suchte kichernd nach weiteren Möglichkeiten. »Oder ohne Brustwarzenpiercing, Blow Jobs ... und Bondage!«

»Nee, Bondage wäre BD«, korrigierte Eddy. Ich schaute sie verwundert an, diese Frau erstaunte mich immer wieder.

»Hier, der ist vielleicht was: Suchst du mehr als nur einen Flirt? Holger, 33 Jahre, Akademiker, 1,80 m, gut gebaut, *Hobbys*: Theater ...«

Eddy guckte das Bild an. »Den kenn ich! Der hat sich bei uns damals am Theater als Statist beworben für eine Massenszene. Da brauchten wir hundert Leute für das Westernstück ›Der Treck durch Amerika‹. Ich kann mich noch genau erinnern. Er hat immer geschrien: ›Lasst mich zurück, ich schaff es nicht, aber rettet euch!‹ Der Idiot hat nicht gerafft, dass er ein Pferd spielen sollte!«

»Trottel.«

Das World Wide Web entpuppte sich als Sammelbecken der gescheiterten Existenzen, doch ein paar Anzeigen, so rar wie Perlen in Austern, stimmten mich hoffnungsfroh, und als der Abend und der Rotwein sich dem Ende zuneigten, hatten wir einige Hoffnungsträger auserkoren, die es nach erfolgreicher Kontaktaufnahme per E-Mail persönlich zu treffen galt.

14

Doch zunächst bekam ich meine Tage. Ich weiß, das ist eigentlich nicht der Rede wert. Menstruation ist keine Krankheit, heißt es so schön, es gehört eben zum Frausein dazu, man muss sich damit arrangieren, wie man sich mit Reiterhosen und Bad-Hair-Days arrangieren muss. Und so sah ich es auch jahrelang, beugte mich Monat für Monat demütig der Weiblichkeit. Doch seit einiger Zeit fühlte ich mich in die Knie gezwungen, ja regelrecht gedemütigt, von Krämpfen gebeutelt. Und alles wegen Charlie Chaplin.

»Hä? Was hat der denn damit zu tun?«, fragte Eddy am Telefon.

»Er hat doch mit über siebzig noch ein Kind gezeugt, dieser Komiker«, erläuterte ich. »Und jetzt denken alle Männer: Prima, ich hab noch genug Zeit, mich selbst zu verwirklichen, und kann Schiffsmodelle aus Streichhölzern bauen oder Formel-Eins-Weltmeister mit der Playstation werden. Und wenn ich zu tatterig bin, den Joystick zu halten, suche ich mir eine junge Schnalle und mach ihr ein Kind.«

»Die Schwester von Klaus wollte auch ein Kind von ihrem Freund, er wollte nicht, und – schwupps! Aus.«

»Siehst du! Einer Freundin von Kerstin ist das auch passiert. Es ist einfach ungerecht. Vor allem, weil für Frauen die Zeit viel schneller vergeht als für Männer.«

»Wieso'n das?«

»Ist doch klar: Ein Männerjahr sind zwölf Frauenjahre. Wie bei Hunden.«

»Drehst du jetzt langsam völlig durch? Außerdem sind es bei Hunden sieben.«

»Egal. Ich erklär es dir: Jeden Monat kriegen Frauen ihre Tage. Und dieser Zyklus ist wie ein Jahr, wie die vier Jahreszeiten. Jeder Monat ist ein verdammtes Jahr.«

»Verstehe ich immer noch nicht.«

»Ist doch klar! Wenn die Eizelle anfängt zu reifen, fühlst du dich super. Alles wird grün, die Vögel zwitschern, die Luft heizt sich auf, die Welt ist voller Hoffnung, und das Ei springt ...«

»Deshalb heißt Frühling auf Englisch auch *spring*«, warf Eddy ein.

Ich ignorierte ihren Sarkasmus. »Ganz genau. Du bist fruchtbar, und du fühlst dich geil. Die Männer sehen alle scharf aus, und wenn es gut läuft, hast du Sex. Und ein paar Tage geht es richtig heiß her.«

»Wie im Sommer!«

»Genau. Dein Ei sitzt entspannt da und beobachtet, wie die kleinen Spermien angeschossen kommen. Nur: Keine Samenzelle schafft es bis zu ihr, sie verenden alle in einer Plastiktüte ...«

»Dem Kondom.«

»Sie werden zu Hunderten in dem Leichensack abtransportiert. Das Ei ist total traurig und stirbt vor Kummer. Deine Fortpflanzungsorgane sind beleidigt, weil sie sich abgerackert haben für nichts und wieder nichts. Die Lust auf Sex nimmt ab, es wird kühler. Die Blätter fallen, und du fühlst dich scheiße, weil du diesen Sommer schon wieder nicht alles gemacht hast, was du machen wolltest. Wasserskifahren oder so.«

»Wasserski?«

»War doch nur eine Metapher fürs Kinderkriegen. Also, du kriegst eine Herbstdepression.«

»Aber wieso Wasserski? Ich wollte noch nie Wasserski fahren.«

»Eddy, hör zu. Also, du kriegst eine Herbstdepression. Man nennt es auch Prämenstruelles Syndrom. Du bist aufgebläht wie ein toter Wal am Strand, und alles ist doof, und du bist wütend auf das Scheißwetter. Dann kriegst du deine Tage. Das ist der Winter. Alles, was du machen kannst, ist auf dem Sofa liegen mit einer Wärmflasche auf dem Bauch und Plätzchen essen. Und das Einzige, was dich rettet, ist, dass du weißt, es geht vorbei, und bald wird es wieder Frühling. Das Problem ist nur: Irgendwann ist Schluss damit. Es wird nie mehr Frühling. Du wirst nie mehr fruchtbar, bist gefangen im Winter, im ewigen Eis.«

»So hab ich das noch nie gesehen«, sagte Eddy und zündete sich eine Zigarette an.

»Ich weiß. Aber mit dir stimmt ja auch was nicht.« Ich schmiss noch eine Schmerztablette ein. »Blöder Charlie Chaplin.«

Ich schlief schlecht in dieser Nacht und quälte mich zur Frühschicht aus dem Bett. Nur der kosmetischen Industrie war es zu verdanken, dass ich halbwegs menschlich aussah, und meiner Routine, dass ich den Anforderungen meines Jobs gerecht wurde. Doch als Frank Einhorn, der Wetterfrosch, in den Zehn-Uhr-Nachrichten über eine lang anhaltende Kaltwetterfront mit Minustemperaturen sprach, von Schnee auf dem Kahlen Asten und Frost im Rheinland, schossen mir die Tränen in die Augen.

»Wirklich?«, schluchzte ich ins Mikrofon.

Frank Einhorn war total irritiert, da er sonst nie unterbrochen wurde. »Ja, äh, das ist aber nichts Ungewöhnliches für diese Jahreszeit.«

»Für dich vielleicht nicht, du bist ja auch ein Mann«, brach es aus mir heraus, und ich schnäuzte mich geräuschvoll.

»Ja sicher, hä hä.«

»Männer haben es viel einfacher im Leben«, heulte ich.

»Aber so schwer ist es doch auch wieder nicht, Schneeketten aufzuziehen!« Er lachte.

Bevor ich einen Vergleich zum Überstülpen von Kondomen anbringen konnte, redete er zum Glück einfach weiter. Durch den Tränenschleier nahm ich Gus-Gus wahr, der hinter der Glasscheibe stand und mit weit aufgerissenen Augen meinen Ausbruch verfolgte. Eine Standpauke von ihm würde ich nicht aushalten. Nach den Staumeldungen rannte ich aus dem Studio, schnurstracks an ihm vorbei, direkt auf die Toilette, wo ich erst einmal versuchte, meine geschwollene Nase mit kaltem Wasser wieder auf ein normales Maß zu bringen. Ich überlegte, ob ich einfach alles hinschmeißen sollte. Ihm sagen, wissen Sie was, es geht nicht mehr, ich bin nicht mehr Herr meiner Sinne, bis ich schwanger bin, kann ich nicht mehr arbeiten.

Yvonne Klein kam herein, die Sekretärin, eine mütterliche Frau von Mitte fünfzig. Sie nahm mich in den Arm. »Was ist denn los?«

»Ich hab meine Tage«, jammerte ich und ließ mich an ihren gewaltigen Busen drücken.

»Sch sch«, sagte sie, »beruhig dich erst einmal.«

Ihr Parfum erinnerte mich an Vanillekipferl, und es gibt wohl kaum einen beruhigenderen Duft. Ich atmete tief durch und hörte auf zu heulen.

»Der Chef will dich sprechen«, mahnte sie mit sanfter Stimme.

»Vielleicht sollte ich mir eine blonde Perücke aufsetzen und ein Kissen unter den Bauch stopfen«, sinnierte ich.

Yvonne Klein lachte. »Ich denke, *eine* Jasmin reicht für den Sender.« Sie strich mir über den Rücken. »Ist doch alles halb so wild«, sagte sie.

Mir fiel meine letzte Verfehlung ein, als ich den Wetterfrosch gespielt hatte. Gus-Gus hatte positiv reagiert – und ich blöde Kuh hatte den ganzen Tag Angst gehabt. Vielleicht hatte es ihm auch diesmal gefallen. Vielleicht könnte ich ihm die Heulerei als Wetter-Comedy verkaufen. Comedy kam doch überall gut an. Und er würde mich fragen, ob ich in Zukunft immer einen kleinen Sketch bringen könnte. Genau so würde es sein. Ich atmete durch, ballte die Faust und ging hoch erhobenen Kopfes in die Redaktion zurück.

Gus-Gus hatte sich nicht in sein Büro zurückgezogen, sondern stand mitten im Raum. Gut, er wollte mich also vor allen anderen loben. Ich schritt geradewegs auf ihn zu und lächelte ihn an.

»Was ist eigentlich in letzter Zeit mit Ihnen los?«, donnerte er.

»Was soll mit mir los sein?«, gab ich harmlos zurück. Er sollte schon selber mit der Bemerkung herausrücken, dass ich eine besondere Begabung entwickelt …

»Sind Sie eigentlich noch bei Trost?« Er musste eben Orangensaft getrunken haben, denn ein gelber Tropfen klammerte sich zitternd an sein Kinn und weigerte sich, in die Tiefe zu stürzen. »Wie können Sie es wagen, auf dem Sender zu heulen!«

Es dröhnte in meinen Ohren. Alle schauten mich an, die Redaktion war voll besetzt. Ich suchte in meinem Kopf nach Worten der Erklärung, aber dort herrschte verbale Dürre.

Bernd Willbert grinste hämisch, und es war so klar, dass die Bemerkung von ihm kam, dieses Totschlagargument in jeder Auseinandersetzung zwischen Mann und Frau seit Anbeginn aller Zeiten: »Die hat ihre Tage«, ätzte er. Ich fing auf der Stelle an zu flennen, gab es was Peinlicheres?

»Was fällt dir ein, Willbert!« Der Ruf von Yvonne Klein ließ alle Aktivitäten im Raum verstummen. Mit flinken Schritten, die man ihr bei ihrer Leibesfülle gar nicht zugetraut hätte, eilte sie neben den verdutzten Bernd. Er schaute so ängstlich drein, als würde er gleich am Ohr gezogen.

»Anna hat ein Familienmitglied verloren. Ein bisschen Respekt, bitte«, forderte sie. Bernd guckte betroffen, und auch Gus-Gus' Gesichtsausdruck hellte sich schlagartig auf. Allgemeines Entschuldigungsgemurmel und Beileidssprüche schwirrten durch die Luft. Gus-Gus klopfte mir auf die Schulter. »Konnte ich ja nicht wissen. Tut mir sehr leid für Sie.«

Ich atmete auf. Yvonne zwinkerte mir im Vorbeigehen zu. Sie hatte nicht gelogen. Ich hatte einen nahen Angehörigen verloren, mein eigen Fleisch und Blut.

Gus-Gus gab mir den Rest der Woche von der Nachrichtenschicht frei. Er bot mir an, ein paar Pressekonferenzen zu besuchen, wenn ich zur Ablenkung arbeiten wollte. Pressekonferenzen, dachte ich, prima Idee. Vielleicht gab es ein paar nette Kollegen, die ich nicht kannte, die ich aber unbedingt kennenlernen sollte.

Die Woche war herrlich. Ich durfte mir die schönsten Termine aussuchen. Alles, was mit Bilanzen, Politik und

Standortdiskussionen zu tun hatte, überließ ich den freien Mitarbeitern und widmete mich nur den schönen Dingen in der Welt des Journalismus, den bunten Themen, wie das im Fachjargon hieß. Ich war stolz auf mich. Zum ersten Mal im Leben wurde einer menstruierenden Frau Arbeitsschutz gewährt. (Den Sportunterricht in der Schule zählte ich nicht mit.) Man sollte das auf die Tagesordnung der nächsten Tarifdiskussion setzen, dachte ich. Dann würde niemand mehr den Satz »Die hat ihre Tage« abfällig benutzen oder gar im Zusammenhang mit dem Wort Hysterie. Nein, dann wäre der Satz gewerkschaftlich geschützt, eine Parole von ver.di, und jeder Betriebsrat würde einen beim Ersuchen um Arbeitserleichterung unterstützen. Und die Männer würden mal sehen, was sie davon hatten, dass sie so knauserig mit ihrem Samen waren. Ha!

Als Erstes wählte ich eine Pressekonferenz in der Kölner Messe zum Thema Feuerwehr. Technik und Brandschutz waren mir schnurz, Feuerwehrmänner nicht. Kernige Kerle mit ölverschmierter Haut, die einen aus dem obersten Stockwerk retten konnten und immer ein Sprungtuch parat hatten. Mit einem Feuerwehrmann an der Seite konnte man in keinen Abgrund stürzen! Erstklassige DNA voller Mut, Kraft und Geistesgegenwart. Eddys Bemerkung über die Riesenschläuche überhörte ich geflissentlich. »Ach, du bist doch nur neidisch«, sagte ich auf dem Weg zu den Messehallen und klappte das Handy zu.

Ich akkreditierte mich bei einem netten jungen Mann, der mir einen schicken Rucksack mit allerlei Krimskrams schenkte, wie kleinen Feuerwehrautos, ein paar Aufklebern und Kugelschreibern – und natürlich der Pressemappe. Als Erstes gab es eine Demonstration der Berufsfeuerwehr, es ging um das Retten aus brennenden Fahrzeugen. Vielleicht sollte ich mich freiwillig als Opfer zur Verfügung stellen, dachte ich, als ich die kräftigen Männer in ihren Uniformen sah, mit Augen, in denen sich der Kreislauf von Geburt und Tod widerspiegelte, das Kaleidoskop menschlicher Regungen von überirdischer Freude bis zu Sterbensangst und natürlich jeder Menge Liebe. Ich wäre am liebsten sofort einem von ihnen in die Arme gesunken.

Besonders angetan hatte es mir ein Typ mit blondiertem Haar, dunklen Augenbrauen und markantem Kinn. Er stand so lässig an das Feuerwehrauto gelehnt, als wäre es ein Tresen. Dann kam sein Einsatz, und mit wenigen geübten Handgriffen hatte er die Dummys, eine Plastikmutter mit ihrem Plastikkind, aus dem brennenden Opel befreit. Er sah ein bisschen aus wie der junge Paul Newman, blaue Augen, aufgeworfene Oberlippe, er war ein Beschützer, ein Mann, der sich für einen prügeln und keine Sekunde zögern würde, sein Erbgut an mich weiterzugeben. Und diese Augen! Sie leuchteten zu mir herüber. Da ich auch blaue Augen hatte, würde unsere Tochter ebenfalls welche haben, funkelnd wie Aquamarine. Vielleicht würde sie Model werden, und die Starfotografen der Welt rissen sich um sie.

»Hallo, Anna, geht es Ihnen besser?« Gus-Gus stand plötzlich neben mir. Verdammter Mist, was trieb der hier?

»Und nun bitte ich die Damen und Herren der Presse zu einem kleinen Imbiss«, sagte der Pressesprecher. Jetzt wusste ich, was er hier machte: Mittag.

Kellnerinnen in weißen Blusen liefen mit Schnittchen, Sekt und Orangensaft durch die Menge. Trotz des Gedränges blieb Gus-Gus neben mir. Ich hatte versucht, ihm zu entkommen, indem ich ein Interview mit dem Pressesprecher vorschob, aber er winkte den Mann einfach zu uns herüber. Jetzt hielt Gus-Gus in jeder Hand ein Häppchen, eins mit Lachs, eins mit Schinken, und es war die Faszination des Ekels, die meinen Blick auf seinen Mund fixierte. Ihm hing eine rosafarbene Fettfaser zwischen den Schneidezähnen, er schmatzte und redete wie ein Wasserfall. Ein Wasserfall mit Bröckchen.

Meine Rettung war der junge Paul Newman, der im Hintergrund begann, mit seinen Kollegen die nächste Vorführung vorzubereiten, aufzuräumen, die Dummys wieder in den Wagen zu packen und die Wasserschläuche einzurollen. Ich wandte ihm meine ganze Aufmerksamkeit zu. Immer wieder schaute er zu mir, jedenfalls fühlte ich mich aus der Masse auserkoren, wenn er in meine Richtung sah. Ich verspürte eine Anziehungskraft zwischen uns, ein unsichtbares Band von Sexmolekülen, das uns verband. Chemie. Liebe war reine Chemie, hatte ich mal gehört.

»Wollen Sie das nicht aufnehmen?«, fragte Gus-Gus.

»Natürlich«, antwortete ich hastig und hielt dem Pressesprecher das Mikrofon unter die Nase. Er redete irgendwas über einen Schaum mit einem englischen Namen und warum es für verschiedene Brandquellen verschiedene Löschmittel geben musste.

»Und was kann man genau damit löschen?«, fragte ich routiniert, während meine Augen den jungen Paul Newman suchten, der gerade in einem Container verschwunden war. Ich drehte meinen Kopf und suchte nach ihm, aber ich hatte ihn verloren. Ich merkte, dass der Pressesprecher auf die nächste Frage wartete. Gus-Gus beobachtete mich, und so fragte ich nach den bisherigen Ergebnissen der Messe.

Während der Pressesprecher seine Antwort herunterleierte, nahm ich eine Person wahr, die mir aus einer Traube von Kindern zuwinkte. Beatrix. Ich grüßte mit einem Kopfnicken zurück. Ach ja, wir hatten uns ja letztens getroffen. Dann fiel es mir siedend heiß ein: die Kindertagesstätte, die Drillinge, mein Chef! Ein Schauer lief mir über den Rücken.

Beatrix löste sich aus der Gruppe und kam auf mich zu. Gus-Gus klaubte sich eine Handvoll Cracker mit Frischkäse von einem vorbeiwandernden Tablett. Der Pressesprecher rezitierte gerade ein paar Zahlen, Menge der Aussteller, Besucher, Quadratmeter, Vorführungen und so weiter ... Beatrix sah, dass ich interviewte, und wartete in angemessenem Abstand. Ich überlegte, wie ich das Treffen von Beatrix mit Gus-Gus verhindern konnte. Mir fiel nichts ein. Also durfte das Interview nicht aufhören.

Ich stellte dem Pressesprecher eine Frage nach der anderen, über die Geschichte der Feuerwehr, Feuerwehren in Europa, Uniformen, Ausbildung, Freizeitgestaltung eines Feuerwehrmanns. Schließlich war ich bei »Und wie geht es Ihnen nach der Woche, die Messe ist doch sicher anstrengend?« angelangt, da sagte er: »Hören Sie, es tut mir leid, aber wir machen gleich weiter mit dem Programm.« Beatrix zeigte schon fragend auf Gus-Gus, und ich hielt den Pressesprecher am Ärmel fest. Lass dir was einfallen, Anna, mach schon! Ich bat ihn, noch eine wichtige Frage stellen zu dürfen. Der Pressesprecher atmete tief ein und sagte, »Na gut, aber schnell.«

Plötzlich schwirrten in meinem Kopf tausend Sachen herum, aber nicht eine hatte was mit Feuerwehr zu tun. Puddingbrezeln, Lisa Marie Presley, mein Poesiealbum in der achten Klasse, in das meine Freundin Kathi hineingeschrieben hatte, sie wolle Geobiographin werden. Was sollte das denn bitte schön für ein Beruf sein?

Der Pressesprecher wippte ungeduldig mit dem Kopf.

Beatrix machte sich bereit, mich als Lügnerin zu enttarnen. Gus-Gus kippte ein Glas Sekt und zog Zigaretten aus der Hosentasche.

»Und was machen Sie im Ernstfall mit Ihrem ...«, begann ich und suchte nach einem passenden Ende, Hund, Katze, Maus. »... Ihrem ... ähm ...« Fachwissen, Feuerlöscher, Schlauch, nein, auf keinen Fall Schlauch. Der Pressesprecher starrte gespannt auf meinen Mund und formte seine Lippen zu stummen Wörtern, wollte mir auf die Sprünge helfen. Und endlich ploppte aus meinem Hirn die richtige Vokabel: »Ejakulat?«

Gus-Gus verschluckte sich an dem Zigarettenrauch. Der Pressesprecher starrte mich einen Moment fassungslos an und wandte sich dann einfach ab. Hatte ich soeben wirklich das Wort Ejakulat in einem Interview benutzt? Hatte ich nicht vielleicht doch Erdbevölkerung oder Evaluation gesagt?

Gus-Gus fasste mich am Arm. »Anna, was war das gerade?« Sein Gesicht wurde noch röter.

Da stürmte Beatrix auf mich zu und rief: »Hallo Anna! Was für ein Zufall, ich wollte dich heute anrufen!«

Gus-Gus sog tief an der Zigarette und wiederholte seine Frage an mich. Ich sah von Beatrix zu Gus-Gus. Beatrix folgte meinem Blick.

»Ach, sind Sie der Chef von Anna? Ich hab ja nur Gutes von Ihnen gehört.« Schon schüttelte sie ihm die Hand. Jetzt war der Zeitpunkt gekommen, die Sache zu erklären, zu sagen, dass ich aus Versehen die Unwahrheit erzählt und dass ich mich an dem Tag zwar wie eine Mutter gefühlt hatte, aber keine war, und wie leid mir alles täte. Ja, das würde ich sagen, und dann würde Beatrix vielleicht einen kurzen Moment sauer sein, aber sofort einsehen, na ja, kann ja jedem mal passieren. Gus-Gus würde ich erklären, dass er sich verhört habe, dass ich definitiv Einsatztrupp…

»Feuer!«, gellte es durch den Raum. Jemand hatte »Feuer« geschrien. Dieser Jemand war ich. Noch im selben Moment schnappte ich mir Gus-Gus' Feuerzeug und zündete die Berge von Servietten an, die auf dem Büfettisch neben uns lagen. Im Nu loderten die Flammen. Menschen kreischten, die Fernsehkameras wurden auf den Brand gerichtet. Beatrix rannte, so schnell sie konnte, zu ihrer Kindergruppe zurück, um sie in Sicherheit zu bringen. Da kam auch schon der junge Paul Newman mit einem Feuerlöscher, und in Windeseile war der Spuk vorbei. Ein Haufen Schaum tropfte vom Tisch, ein leichter Rauchgeruch hing in der Luft.

Der Pressesprecher eilte herbei und stammelte sinnloses Zeug. Gus-Gus holte tief Luft, und alle im Raum verstummten wie auf ein unsichtbares Zeichen, während sich Gus-Gus aufplusterte, um mit allem, was seine maroden Lungen hergaben, zu schreien: *»Sind Sie eigentlich wahnsinig geworden, Sie hysterische Kuh?«*

Alle sahen mich an. Die WDR-Kamera schwenkte zu mir, die Kollegen von RTL zoomten, die Mikrofone wurden auf mich gerichtet. Paul Newman musterte mich verständnislos. Ich schluckte. Das war's. Aus, Ende, vorbei. Ich wartete auf den Tränenausbruch, der in so vielen Situationen schon das Überleben der Frau gesichert hatte, und hier ging es ums nackte Überleben, das war klar. Aber die Tränen blieben aus. Stattdessen hörte ich mich sagen: »Gut. Ich muss zugeben, ich bin beeindruckt. Ich wollte mal testen, was passiert, wenn es wirklich brennt und es nicht eine abgekartete Übung ist. Und ich muss sagen: Gute Reaktion! Die Feuerprobe von Radio Injection haben Sie mit Bravour bestanden!«

Ich verbeugte mich leicht vor dem Pressesprecher und Paul Newman und fing an zu klatschen. Langsam fielen die anderen Gäste und Journalisten in den Applaus ein. Gus-Gus wurde ein paar Zentimeter größer, er drängte sich nach vorn, um den Kameras zu sagen, dass er der Chef von Radio Injection sei und dass es natürlich seine Idee gewesen sei. Auch der Pressesprecher fand sein Grinsen wieder und einige Worte, die die Bedeutung der schnellen, aber besonnenen Reaktion hervorhoben.

Ich ging zu Paul Newman und raunte ihm ein »Danke« zu. Er glotzte mich an, und als er anfing zu reden, wurde das Band der Erotik zwischen uns jäh gekappt. Er hatte eine Fistelstimme, höher als ein Leuchtturm.

»Ist doch mein Job.« Er warf sich in die Brust und verkündete, so als wäre es die neueste Neuigkeit: »Ich bin Feuerwehrmann!«

Ich starrte ihn an. »Ach was«, sagte ich und war froh, als mein Handy klingelte.

»Hi Anna, hier ist Beatrix noch mal.«

»Hallo.« Gab die denn gar keine Ruhe?

»Ich musste jetzt zu dem Stand der Feuerwehr-Kids. Aber wenn du und dein Chef nachher noch da seid, komme ich nach dem Termin wieder, vielleicht können wir das Interview direkt machen.«

»Weißt du, Beatrix. Es ist so ...« Sag es ihr, sag ihr die Wahrheit, ein Satz, und du bist von dieser Geißel befreit. Kindsmörderin, zischte es durch meinen Kopf. Die Kinder leben doch nur in meiner Phantasie, gab ich zurück. Jaha!, dröhnte die Stimme, aber es sind deine einzigen! Still jetzt, befahl ich, und da die Stimme nichts erwiderte, atmete ich auf und sagte zu Beatrix: »Also, es ist so. Ich habe meine Kinder aus der Kindertagesstätte genommen.«

Genial! Anna, du bist genial! Ich klopfte mir imaginär auf die Schulter.

»Warum?«, fragte Beatrix.

»Sie wurde geschlossen.« Simple, aber einleuchtende Erklärung.

»Warum wurde sie geschlossen?«

Ah, kniffelig. Warum, warum, warum nur? Geldmangel, Erdbeben, eine Seuche?

»Mein Chef hat ...« Seine Meinung geändert? Kein Platz mehr wegen eines neuen Studios? Den Befehl von oben bekommen? »... die Kinder angegrabscht.«

»Waaaaaaaas?«

Ich schluckte. »Ja.«

»Mein Gott, Anna, das ist ja schrecklich! Hast du ihn angezeigt?«

»Ach was, nein, war ja nicht so schlimm.«

»Nicht so schlimm? Anna, du musst das anzeigen! Wir können dich gerne unterstützen und das medial begleiten. Das ist eine superwichtige Geschichte: Päderast eröffnet Kindertagesstätte! Das muss an die Öffentlichkeit!«

»Ich möchte das aber nicht.«

»Anna, hier geht es um das Wohl der Gesellschaft. Wenn du es nicht machst, dann mach ich es!«

15 

Heute schäme ich mich natürlich dafür. Gerade als Journalistin ist man doch der Wahrheit verpflichtet, abgesehen davon, dass Verleumdung auch ... nun ja, strafbar ist. Und diese Lüge war glatter Rufmord. Jetzt ist mir das klar, und es mir tut sehr leid, aber damals verschwendete ich – wie ich zu meiner Schande gestehen muss – keinen Gedanken an das Schicksal von Gus-Gus. Es gab Wichtigeres: die Treffen mit den Männern der Internet-Singlebörse.

Eddy und ich hatten uns eine Strategie zurechtgelegt. Sie würde mich und mein Date vom Tresen unauffällig beobachten und mich auf ein verabredetes Zeichen retten – vor sexuellen Übergriffen oder gähnender Langeweile. Ich brauchte Stunden, um mich zurechtzumachen, Gipsy-Look oder Romantik-Style, schulterfreies Top oder Korsage? Ich zermarterte mir das Hirn. Und wofür das Ganze? Für einen Haufen Idioten! Ich kann Ihnen versichern: Das Internet ist eine virtuelle Welt, und genauso virtuell sind Lebensläufe, Charaktereigenschaften und Fotos.

Der Erste war Christian. Er sah noch nicht mal schlecht aus, groß, lockiges kurzes Haar, energischer Blick. Als Börsenmakler hatte er sich angekündigt. Er lehnte sich lässig zurück, trank einen Schluck Bionade und lockerte die Krawatte.

»Im Grunde bin ich jetzt schon der Chef. Und spätestens mit Mitte vierzig setze ich mich zur Ruhe. Da ist Geld drin in dem Geschäft, *richtig* Geld! Ich mein, wenn man mit Menschen umgehen kann, wenn man weiß, an welchem Rädchen man drehen muss, verstehst du? Und du? Was machst du beruflich?« Er schob den Ärmel seines Jacketts hoch und legte eine silberne Omega-Uhr frei.

»Journalistin. Ich arbeite …«

Er zeigte mit dem Zeigefinger auf mich. »Hast du dir schon mal überlegt, dass du Krebs kriegen könntest?«

»Äh, ja. Das hat doch sicher schon jeder …«

»Hast du dir schon mal überlegt, dass du einen Schlaganfall kriegen könntest?«

»Nun, also, um ehrlich zu sein …«

»Was ist mit Multipler Sklerose?«

Was sollte denn das für ein makabres Quiz werden? Ich schaute zu Eddy, die gerade mit dem Barmann flirtete.

»Also, ich sag dir was: Unfallversicherungen sind sinnlos. Rausgeschmissenes Geld. Was man braucht, ist eine Versicherung, die auch Krankheit mit einschließt. Ansonsten – zappenduster, wenn es so weit ist! Jeden Dritten trifft es! Der wievielte bist du?«

Sein Finger kam meiner Nase bedrohlich nahe. Er holte einen Taschencomputer heraus und tippte irgendwas. Eddy trank selbstvergessen ihren Mai Tai, bis sie endlich meinen Blick auffing. Ich strich mir durch die Haare.

»Für 279 Euro kann ich dir eine Versicherung anbieten, die umfasst alles«, sagte Christian. Eddy kam an unseren Tisch und begrüßte mich wie ihre verschollene Schwester.

»Hey, Anna! Super, dass ich dich hier treffe, ich muss dir unbedingt von meinem Gynäkologen erzählen. Ich hatte da doch diesen fiesen Ausfluss …«

Christian verzog angeekelt den Mund, schaute auf seine Omega-Uhr und ergriff die Flucht.

Der Zweite war Moritz, ein Student aus Stuttgart. Er hatte ohne Ende witzige E-Mails geschrieben, aber jetzt kriegte er den Mund nicht auf. Jedes Wort musste man ihm aus der Nase ziehen. Der Typ war so öde, dass ich noch nicht mal Eddy herbeirief, um ihn loszuwerden. Ich ging einfach.

Der Dritte schob eine prächtige Plauze vor sich her und hieß Bodo. Er war ein Harley-Fahrer und so stolz auf sein Motorrad, dass es auf jedem seiner Fotos im Internet mit drauf gewesen war. Ich dachte, er sei der Typ bodenständiger Abenteurer, mit dem man neue Welten entdecken könnte, bevor man in sein trautes Heim zurückkehrte. Falsch gedacht. Er hatte eine Fahne. Kaum saß er, bestellte er Bier und Schnaps, und noch bevor wir die Höflichkeitsfloskeln ausgetauscht hatten, war er schon in der schönsten Schimpftirade über seine Ex-Frau versunken.

»... und nach der Scheidung ging es erst richtig los. Sie hat die Kinder gegen mich aufgehetzt. Die hatten nachher schon gar keine Lust mehr, am Wochenende zu mir zu kommen!« Er drehte sich zur Bar. »Hallo, kann ich noch 'n Kölsch haben? Und 'n Kurzen!«

Er schlug mit der Faust auf den Tisch. »Und dann erzählt sie überall rum, ich wäre Alkoholiker ... diese Schlampe!« Der Rülpser war laut und eine olfaktorische Folter. Eddy kam.

»Gehört Ihnen das Motorrad mit dem Kennzeichen BM-X 09?«

Er nickte.

»Das nehmen gerade ein paar Jugendliche ziemlich genau unter die Lupe.« Er stürmte hinaus.

Der Vierte hieß Pascal. Er trug einen eidottergelben Lederblouson. Ich tat so, als wäre ich nicht ich.

Der Fünfte, Gregor, hatte trotz Kettenrauchens eine sehr sanfte Stimme. Sein langes Haar klemmte hinter den Ohren.

»Ja, und nach meiner letzten Familienaufstellung nach Hellinger, weißt du, da hab ich erst mal gemerkt, dass ich emotional total blockiert war, richtig gehemmt, weißt du, weil mein Vater mich nie beachtet hat und so ...«

Eddy war auf die Toilette gegangen. Also hörte ich mir wohl oder übel Gregors Gesülze an, während er eine Zigarette nach der anderen drehte.

»Und als ich dann meinem Vater gegenüberstand, also nicht mein richtiger Vater, sondern einer aus der Gruppe, der dann meinen Vater gespielt hat, da kam es mir auf einmal total hoch, und ich hab ihn angeschrien, richtig angeschrien, weißt du, das mach ich sonst nie, weißt du, ich bin sonst so mehr der sanfte Typ, und trotzdem, auf einmal, da hab ich ihn angebrüllt ...« Und plötzlich fing er an zu schreien wie ein Berserker: *»Du blöde Sau, du altes Arschloch, wie konntest du mir das bloß antun?«*

Ich zuckte zusammen, so laut war er, er hob die Hand zum Schlag, ich starrte ihn an wie ein Kaninchen die Schlange, da besann er sich und hielt inne. Ich spürte die bohrenden Blicke der anderen Gäste, da kam auch schon der Türsteher: »Okay, das reicht. Raus mit dir.«

»He, Mann, alles cool, ich hab doch nur ...«, wehrte Gregor ab, aber der Türsteher packte ihn am Ärmel und zog ihn hoch. Gregor wehrte sich linkisch und schrie:

»Lass mich los!« Da der Türsteher nicht auf die Aufforderung reagierte, setzte er nach: *»Du alter Wichser, verdammter Nazi!«*

Eddy kam vom Klo. »Was war das denn?«

Ich schüttelte den Kopf. »Keine Ahnung. Aber ich sag dir eins: Das Internet ist Scheiße.«

»Wie viele sind denn noch auf der Liste?«

»Jetzt noch einer. Wir treffen uns in der X-Bar. Oder sollen wir es sein lassen? Hat doch sowieso keinen Zweck.«

Eddy gähnte. »Ach komm, den einen noch. Wenn er ein Blödmann ist, hauen wir sofort ab, dann machen wir kurzen Prozess.«

Er war kein Blödmann, er war ein Volltreffer. Das sah ich sofort: dunkles, mit Gel zurückgekämmtes Haar, ein Hemd mit einem leichten Rosaton, anthrazitfarbenes Sakko, Römernase, gepflegte Hände. Die Fotos wurden ihm nicht gerecht. Alessandro sah in Echt noch besser aus. Ich trug wie versprochen meinen Sienna-Miller-Hut, und als er mich erblickte, sprang er auf. »Du musst Anna sein.«

»Und du Alessandro.«

Er half mir aus dem Mantel und rückte mir den Stuhl an den Tisch. Ich dachte, so was gibt es nur im Film.

»Was für eine angenehme Überraschung. Am Telefon oder in E-Mails können die Leute einem ja viel erzählen …«, sagte er mit wohltönender Stimme.

»Und wenn man sich dann trifft, gibt es das böse Erwachen!«

Wir lachten das Lachen der Erleichterung. Der Kellner kam, und Alessandro fragte mich: »Was möchtest du trinken?«

Er bestellte mir einen Mai Tai bei dem Kellner, der direkt neben mir stand. Ach, es war herrlich, eine Frau zu sein!

»Und hast du das schon öfter gemacht, auf Kontaktanzeigen geantwortet?«, fragte er.

»Ehrlich gesagt, nein, ich bin da noch ziemlich neu. Und du?«

»Ich auch. Aber jetzt dachte ich, probier es einfach mal. Wenn man den ganzen Tag und oft auch abends arbeitet, bleibt eben nicht viel Zeit, tolle Frauen kennenzulernen. Aber zum Glück, kann ich jetzt nur sagen, gibt es die Singlebörse!«

Er sah mir tief in die Augen. Die Getränke kamen, und wir stießen an. Er war Marketingleiter einer Softwarefirma, er hörte mir zu, er stellte mir Fragen, kurzum: Er war perfekt. Ein Italiener! Viele viele Bambini! Seine Mutter stellte ich mir als richtige Mamma vor, ein paar weiße Strähnen im schwarzen Haar, das sie zum Dutt hochgebunden hatte, während sie mit Schürze am Herd stand und Tomatensoße und haufenweise Lasagne kochte. »Ah, Anna«, würde sie mit italienischem Akzent sagen und mir den Löffel zum Probieren reichen. Bei Familienfesten würden wir Tarantellas tanzen bis zum Umfallen. Der Vater von Alessandro würde mich zum Brautwalzer bitten, und es gäbe eine dreistöckige Torte mit vielen Marzipanrosen. Und überall Bambini! Und dann gäbe es da einen Typen namens Luca Brasi, und er wäre mir unheimlich, weil er der Auftragskiller der Familie war. Ach nee, das war ja in »Der Pate I«.

»Entschuldige, ich muss mal eben für kleine Singles«, sagte ich und stand auf. Er deutete ein Aufstehen an und entließ mich. Ich schwebte zu Eddy an die Bar. »Wow, hast du das gesehen, die Sache mit dem Stuhl?«

Ich schaute zu unserem Tisch, auf die breiten Schultern von Alessandro, der mit dem Rücken zu uns saß.

Eddy nickte. »Echt nicht schlecht, das muss ich sagen. Wie sieht es aus, brauchst du mich noch?«

Ich schüttelte den Kopf. »Vielen Dank. Den Rest schaffe ich allein.« Ich winkte ihr und ging zurück an den Tisch, wo Alessandro gerade sein Handy herausgeholt hatte und telefonierte.

»Ja, sieht gut aus, sehr niedlich«, sagte er gerade. Ha! Er schwärmt von mir! Bei seinem besten Freund, der wahrscheinlich hier irgendwo sitzt und ebenfalls den Rettungsanker spielt. Ich blieb stehen. Das konnte ich mir nicht entgehen lassen!

»Nein, nicht so eine«, sagte er. »Sie ist eine von diesen Frauen, du weißt schon ... die den Vater ihrer Kinder suchen ...« Er lachte hämisch. »Das sieht man am Blick, glaub's mir! ... Natürlich will ich keine. Aber diese frustrierten Frauen, ich sag dir, die sind am schärfsten im Bett!«

Er lachte wieder, siegessicher, arrogant, dieses Schwein. Die Wut brodelte in mir hoch. Luca Brasi, ich habe einen Auftrag für dich, dieser Mann muss bei den Fischen liegen! Ich ging zum Tisch, nahm meinen Mai Tai und kippte ihn über seinen Armani-Anzug und sein öliges Haar.

»Ey, was soll das?«, rief Alessandro empört. Ich antwortete nicht, raffte meine Sachen zusammen und rannte auf die Toilette.

Wieso waren alle Männer so bescheuert? Und wieso hatte ich das früher nicht bemerkt? Wegen Finn natürlich. Dieser Idiot. Warum waren die anderen auch solche Idioten wie Finn? Was war mit den Männern los? War das eine Verschwörung? Waren auf einmal bei allen Männern gleichzeitig die Sicherungen durchgebrannt? War es ein Systemfehler? Wie bei Autos, bei denen nach zwanzigtausend Kilometern die Stoßstangen verlorengingen oder die Elektrik versagte? Aber bei solchen unwichtigen Dingen gab es Rückrufaktionen! Das müsste es bei Männern auch geben. Die ganze Generation zurück ins Werk und neu überarbeiten!

Ich seifte mir die Hände ein, reinigte sie, als hätte ich eine Operation am offenen Herzen vorzunehmen, hielt sie unter den Wasserhahn und wusch meine Hoffnungen ab, spülte sie hinunter in den Abfluss. Ein kleiner Schaumklecks blieb auf dem Chromrand des Abgusssiebs hängen. Ich seufzte und drückte auf den Hebel des Handtuchspenders. Reines, weißes Papier wuchs nach unten. Ich ergriff es. Neuerdings machen die sogar hier Werbung drauf, bemerkte ich, nimmt das denn gar kein Ende? Doch dann fesselte eine blaue Aufschrift meine ganze Aufmerksamkeit. Da war sie! Die Lösung all meiner Probleme! Auf einem Einmalhandtuch!

16

Eddy kam schnaufend herein. Es war Sonntagmittag, und sie kam direkt aus dem Bett, ihre Haare waren gar nicht punkig gestylt, sondern klebten platt am Kopf, ihr Gesicht war zerknautscht. Noch bevor sie durch die Tür war, wedelte ich mit dem Papierhandtuch vor ihrer Nase.

»Keinen Bock mehr auf blöde Typen? Aber Bock auf Familie? Wir helfen! www.Das-Beste-vom-Mann.de«, las sie. »Was'n das?«

»Komm mit, ich zeig es dir.« Ich winkte sie vor den Computer. Sie ließ sich auf einen Stuhl plumpsen und gähnte. Ich drückte die Enter-Taste. Ein elektronischer Dreiklang von berückender Einfachheit ertönte.

Dann erklärte eine freundliche Frauenstimme die Vorteile von »Das Beste vom Mann«, dem »frischen Spermaspenderlieferservice mit Rundumbetreuung«.

»Ich sag dir, Eddy, das ist die Zukunft«, meinte ich. »Kein Mensch braucht mehr Männer! Vor allem die Frauen nicht. Von dieser englischen Firma kann man sich all das frei Haus liefern lassen, was man heute von einem Mann erwartet.«

»Sperma«, hauchte Eddy.

»Du sagst es! Hier ist ein Online-Fragebogen, da kann man den Wunschspender beschreiben. Also, fangen wir an: Größe?«

»Mindestens eins achtzig.«

»Geben wir noch fünf Zentimeter drauf. Hautfarbe? Weiß. Beruf?«

»Irgendwas Akademisches oder Handwerker oder Rowdy von Metallica.«

»Ha ha. Mal sehen, was steht denn hier zur Auswahl? Arzt, Jurist, Pfarrer ... *Pfarrer*?«

Eddy kicherte: »Wieso, in der Bibel steht doch: Ich will meinen Samen verbreiten, auf dass er aufgehe in der Welt!«

Ich warf ihr einen strengen Seitenblick zu und sagte mit tiefer Stimme: »Onanie ist Sünde, das weißt du doch, Edwina.«

Sie lachte. »Aber klar doch!«

Eddy hatte die gigantischste Sammlung an Dildos und Vibratoren, die man sich vorstellen konnte. Sie hatte sogar mal einen selbst entworfen und aus Fimo und Fisher-Technik gebaut. Die Bastel-Anleitung schickte sie an die *Brigitte*, für die Kreativ-Abteilung, aber aus irgendeinem Grund wollten sie sie nicht drucken und brachten stattdessen einen Artikel über das Selbermachen von Messerbänkchen.

»Jedenfalls ist das die moderne Form der unbefleckten Empfängnis«, stellte ich fest, während ich den Fragebogen nach meinem Wunschsperma weiter ausfüllte. »Hobbys? Meine Güte, die sind aber detailliert.«

»Was für Kategorien haben die denn da?«

»Computer, Playstation, Angeln, Pokern ...«

»Strippoker wäre gut.«

»Nee, ich sag einfach Sport! Und ... grün.«

»Muss man da etwa auch die Lieblingsfarbe eingeben?!«

»Nee, die politische Einstellung.« Ich drückte die Enter-Taste und las das Ergebnis vor: »Sie bekommen das Liefer-Paket ›Gold‹ mit einer Portion feinstem Sperma von einem 1,85 m großen weißen, schlanken, ökologisch denkenden Akademiker und Hobbysportler frei Haus.«

»Tja«, machte Eddy.

»Was tja?«

»Man könnte meinen ...«

»Was?«

»... du hättest dir einen wie Finn ausgesucht.«

»Wenn ich einen wie Finn gewollt hätte«, gab ich schnippisch zurück, »dann hätte ich in der Kategorie Spielkinder geguckt!«

»Ich mein ja nur.«

»Allein, dass er nicht anruft und sich entschuldigt, ist doch wohl Zeichen genug, dass er kein bisschen erwachsen ist!«

»Und was kostet der Spaß?«, lenkte Eddy vom Thema ab.

»Zweitausend Euro. Also dann, Nachwuchs marsch!« Ich sandte die Auftragsbestätigung ab.

»Ganz schön viel Geld.«

»Der Stress mit den Männern kostet doch viel mehr! Allein, was ich für Klamotten und Kosmetik ausgegeben habe! Und dann der ganze Zeitaufwand. Das hier ist viel billiger. Völlig stressfrei. Eine saubere Angelegenheit.«

Noch nie hatte mich eine moderne Entwicklung so überzeugt wie diese hier. Abgesehen von fettreduzierten Chips. Ich war vollkommen sicher, die richtige Entscheidung getroffen zu haben. Von Männern hatte ich ein für alle Mal die Schnauze voll.

Wir tranken ein Glas Sekt auf »Das Beste vom Mann«. Eddy streckte sich auf dem Sofa aus und sagte: »Unglaublich, als wir klein waren, gab es drei Fernsehprogramme und keine Anrufbeantworter. Als der erste Pizzalieferservice eröffnet wurde, dachte man, das ist der Gipfel des

Fortschritts. Und heute kann man sich Sperma übers Internet bestellen! Da soll sich noch einer wundern über die verkorkste Jugend von heute.«

»Wir sind nicht die verkorkste Jugend von heute. Wir sind die verkorksten Erwachsenen.«

»Ach ja, stimmt ja«, sagte sie und drehte sich einen Joint.

Am nächsten Morgen sprang ich voller Vorfreude aus dem Bett und sauste zur Arbeit. Alles würde gut werden, meinen nächsten Eisprung würde ich zelebrieren mit einer Injektion Sperma »Gold«. Dann wären mein Hormonhaushalt, meine Gebärmutter und meine Eltern endlich mit mir zufrieden.

Beschwingt las ich die Nachrichten, der Chef hatte mal wieder ein paar Umfragen, die untergebracht werden sollten. Es ging um die Freizeitgestaltung der Kölner. Eigentlich fand ich diese vielen Umfragen ein bisschen nervig, aber Gus-Gus erklärte das mit seinen Erfahrungen in New York und dass es dort total angesagt gewesen sei. Bei der Konferenz bestätigte er dies mit den neuesten Einschaltquoten, die nur leider am Vormittag etwas abgesackt seien. Er schaute in meine Richtung.

»Nun, Anna, Sie machen die Frühschicht seit geraumer Zeit. Ich denke, Sie wissen, was zu tun ist.«

Ich reagierte nicht.

»Das ist übrigens kein Grund zur Freude«, setzte Gus-Gus ungewohnt jovial hinzu. Ich bemerkte, dass ich dämlich vor mich hingrinste wie eine alte Tante nach einer halben Flasche Eierlikör. Ich setzte schnell ein ernstes Gesicht auf und nickte.

»Seriosität ist der Schlüssel zum Erfolg«, mahnte er, und damit war das Thema vom Tisch.

Den Rest der Konferenz verwendete Gus-Gus darauf, die Zeitungsfotos von ihm und dem rauchenden Serviettenberg herumzuzeigen und einen halben Liter Milch durch einen Strohhalm zu schlürfen. Wobei ich mich fragte, wie man mit einem Strohhalm derartige Geräusche machen konnte. Jeder Sounddesigner, der ein Ungeheuer der Urzeit erschaffen wollte, wäre vor Neid erblasst.

Jasmin saß neben Gus-Gus und bewunderte lautstark jedes Bild. Selbst sie konnte mich heute nicht nerven mit ihrem albernen Schwangerengetue. Ihr Bauch wurde immer dicker. Ihr Arsch glücklicherweise auch. So ist das mit den essgestörten Frauen, dachte ich, sobald es ihnen »erlaubt« ist, hauen sie rein, als gäbe es kein Morgen. Und das nur, weil sie jetzt die Mutter aller Entschuldigungen für Fressanfälle hatten. Locker stach die Rechtfertigung »Ich esse ja jetzt für zwei« alle anderen aus, von »Ich hab heut noch gar nichts gegessen« über »Ich war schon anderthalb Stunden skaten« bis hin zu »Tortellini haben gar nicht so viele Kalorien, wie man glaubt«. Wobei ich mir auf einmal nicht mehr sicher war, ob das letzte Argument wirklich so gut funktionierte.

Egal. Ich würde jedenfalls nicht am Hintern zunehmen, das war mir völlig klar. Ich würde einen schnuckeligen Bauch haben und ansonsten schmal sein wie eine Gazelle. Klar würde ich perverse Sachen essen wie Gurken mit Nutella-Dip, aber das hatte auch Stil.

»Anna, du lächelst schon die ganze Zeit so. Hattest du etwa eine schöne Nacht?«, flüsterte Bernd und machte eine anzügliche Bewegung mit der Faust.

Ich beugte mich zu ihm herüber. »Weißt du, Bernd, man braucht keinen Mann, weder für eine schöne Nacht noch für sonst was im Leben. Ihr seid einfach überflüssig!«

Er starrte mich verwundert an, seine Gedanken rotierten, dann ging ihm ein Licht auf: »Ach so! Und ich dachte, du wärst hetero!«

»Das bin ich auch, aber was nützt es einem? Das starke Geschlecht ist schwer auf dem absteigenden Ast.«

»Hä?«

»Ihr sterbt aus, Bernd. Niemand braucht euch mehr.«

Ich stand auf und ließ ihn verwirrt sitzen. So war die Zukunft. Frauen bekamen ihr Sperma übers Internet, bis es so weit war, dass man sich klonen konnte. Und dann gäbe es nur noch Frauen, die perfekt waren, ohne sich um ihre Frisur scheren zu müssen, die Kosmetikindustrie würde den Bach runtergehen, dafür gäbe es überall Schokoladenfabriken. Anstatt sich mit sinnlosen Anmachtricks aus Zeitschriften das Hirn zu verkleistern, würde man die Zeit nutzen, um alle Klatschspalten der Welt zu lesen, Schuhe könnte man von der Steuer absetzen, und überall gäbe es saubere Toiletten. Es würde einfach Harmonie pur herrschen.

»Anna, streng dich mal ein bisschen an, wir wollen nicht wegen dir beim Nachrichtenpreis leer ausgehen«, stichelte Jasmin im Hinausgehen. Ach ja, und natürlich gäbe es ein Klonverbot für Frauen wie Jasmin.

17

Folsäure und Zink hatte ich in Massen geschluckt, hatte auf Alkohol verzichtet, war früh schlafen gegangen – alles für diesen Tag, alles für den Tag der Empfängnis. Es klingelte. Mit feuchten Händen öffnete ich die Tür.

»Bitte hier unterschreiben.« Der pickelige Jüngling reichte mir den Stift. Zitternd kritzelte ich meinen Namen auf den Scanner.

»Da bist du ja! Ich bin so aufgeregt, oh mein Gott!«, rief ich, als Eddy zur Tür hereinstürmte. Ich hatte den Karton mit der diskreten Verpackung schon geöffnet. Es waren verschiedene Tütchen enthalten, ein Anschreiben der Firma »Das Beste vom Mann«, drei große Spritzen und ein kleines Glas mit milchigweißem Inhalt in einem Kühlbehälter. Ich hielt es ehrfürchtig hoch.

»Der heilige Gral«, flüsterte ich.

Eddy betrachtete es mit skeptischem Blick. »Also, wenn man beim Mann alles weglässt bis auf das Beste, bleibt echt nicht viel übrig«, stellte sie fest. »Wenn ich beim Metzger das Beste vom Schwein bestelle, krieg ich mehr.«

»Edwina«, tadelte ich.

»Ich mein ja nur.«

Ich nahm das Anschreiben. »Vielen Dank für Ihren Kontakt. Bitte lesen diese Information vorsichtig.« Ich räusperte mich. »›Das Beste vom Mann‹ ist das einzige frische Samenzellenabgabeservice, und wir freuen uns Sie zu haben als unseren Klienten.« Ich zog ob der fehlerhaften Grammatik und der ungenauen Semantik die Augenbrauen hoch. »Überprüfen als erstes Sie, ob alle Komponente vorhanden. Luftdichte Flasche, Spende in Probentopf, Nadel.«

Eddy hielt die genannten Bestandteile hoch. Die Spritze nahm sie genauer unter die Lupe.

»Ich finde, die könnte echt schicker sein. Ein Vibrator mit Spritzfunktion für die häusliche Insemination, das wär's doch! Das ist 'ne echte Marktlücke!«

Ich ignorierte sie. »Die Spritze ist ohne Nadel mit Spulenkern, nicht mit Birnenende, was kein Minitruthahnbaster ist.«

»Was hast du bloß über die Deutschkenntnisse des Samenspenders angegeben?«, fragte sie.

Ich ließ die Anleitung sinken. »Ich hoffe nur, dass der, der das geschrieben hat, nicht der ist, der den Samen gespendet hat.«

»Verbale Ausdrucksfähigkeit wird bei Männern einfach überschätzt«, zitierte Eddy aus »Schlaflos in Seattle« und begann, an den Instrumenten herumzufingern. »Ach, man muss bestimmt nur das hier so rein ...«

Ich riss ihr entschlossen die Spritze aus der Hand. »Lass das! Wir lesen erst die Bedienungsanleitung. Oder glaubst du, ich möchte noch mal so was erleben wie mit *Juri*?«

»Ach ja, dein Ikea-Trauma! Ich vergaß ...« Sie zog eine Grimasse.

Die Anleitung ging weiter: »Nehmen Sie den Spulenkern von der Spritze zurück, insoweit sie geht. Wenn die Finger verlängert sind, legen Sie die Spritze von Ihrem beherrschenden Hand mit der Oberseite des Spulenkerns in Richtung zu Ihrem Daumen.«

Eddy gähnte und lümmelte sich aufs Sofa. Ich gab nicht auf. Erst informieren, dann injizieren.

»Sie drücken jetzt den Spulenkern gegen Ihre eigene Stärke, für die Menge der Flüssigkeit zu steuern, die die Spitze der Spritze verlässt.«

Ich ließ die Anleitung sinken und starrte auf die Gerätschaften.

»Bist du jetzt fertig?«, fragte Eddy.

»Ja.«

»Hast du es verstanden?«

»Ist doch ganz einfach.«

Ich schaute noch einmal alles in Ruhe an. Dann riss ich die Verpackung runter. »Man muss nur dies Scheißding hier aufmachen und dann die Scheißspritze mit diesem Scheißzeug hier füllen, und dann rein damit.«

»Nee, find ich aber echt gut, dass wir erst die Gebrauchsanweisung gelesen haben«, sagte Eddy.

Ich legte mir ein Kissen auf den Wohnzimmerboden, ein hochgelagertes Becken erhöhte die Chancen einer Befruchtung entscheidend, hatte ich gehört. Eddy zündete schnell ein paar Kerzen an. Ich füllte die Spritze mit dem Samen und legte mich hin, Eddy setzte sich lippenknetend aufs Sofa. Ich hatte mir einen dieser Zyklus-Computer gekauft, und genau heute war mein Eisprung. Es würde klappen. Tolle neue Welt. Empfängnis leicht gemacht.

»Ready for take-off?«, fragte ich.

Eddy atmete tief ein. »Yes, Captain.«

Ich war gerade dabei, einzuführen, da sagte Eddy auf einmal: »Warte mal kurz.«

»Was?«, zischte ich. Unterbrechungen während der Startphase passten nicht in meinen Plan.

»Ach ... nichts.«

»Jetzt sag, gleich ist es zu spät.«

Sie zögerte, dann platzte es doch aus ihr heraus: »Was ist, wenn das Sperma von einem Wichser ist?«

»Edwina, von wem soll es sonst sein?«

»Nein, ich meine halt, wenn der Vater deines Kindes ein totaler Versager ist? Wie einer dieser Idioten aus dem Internet.«

Ich starrte sie an. »Wie meinst du das?«

»Ich meine, die können dir doch alles erzählen, von welchem Professor oder Superhirn das Zeug stammt.«

»Eddy, diese Art Diskussion finde ich derzeit unangebracht.« Breitbeinig auf dem Wohnzimmerboden liegend, eine spermagefüllte Spritze in der Hand, führte ich nicht gerne verbale Schlagabtausche.

»Ist ja gut. Wenn du dir sicher bist, dass dein Kind nicht von einem koksenden Angeber abstammt oder von einem notorischen Kinderschänder oder gar von einem spießigen Rechtsanwalt, dann mach!«

Mein Hirn produzierte eine Diashow, die mein Baby im Laufstall mit einem Riesenberg Kokain zeigte, dann, wie mein Baby einem anderen Kind auf der Schaukel zwischen den Beinen herumfummelte, und zu guter Letzt, wie es mit einem Gesetzestext den Legoturm umhaute. Aus einer Zelle wuchs ein Mensch, ein ganzer Mensch mit allen Ecken und Kanten, Samen enthielt all die DNA, die man brauchte, um einen Massenmörder, einen Junkie oder einen Penner heranzuziehen. Es gab so viele widerliche Typen, deren Schwanz man nicht in sich haben wollte – und ich war im Begriff, mir die Essenz des Ganzen einzuführen! Die schöne neue Welt hatte ein Problem: Es lebten die alten egoistischen gestörten Blödmänner darin. Und ich war bereit, den Nährboden für den Erhalt dieser Gattung zu liefern!

»Scheiße«, sagte ich und setzte mich auf. »Du hast

recht. Ich ruf da an und frag noch mal genau nach. Für zweitausend Euro müssen die einem doch mitteilen, ob sie mir einen Schwachkopf untergejubelt haben!«

Ich suchte entnervt nach der Nummer der Firma. Diese Unterbrechung passte mir überhaupt nicht.

»Die können doch nicht einfach eine empfängnisbereite Frau so im Regen stehenlassen. Verdammt, wo ist die Scheißnummer?«

»Ruhig, Anna, auf die paar Minuten kommt es doch nicht an«, beschwichtigte Eddy, aber ich hörte gar nicht hin. Endlich entdeckte ich die Nummer. Es gab nur eine Service-Hotline. 1,29 Euro pro Minute. Das war egal. Es ging um Leben und Tod.

Zum Glück war ich Journalistin, ich wusste, wie man Sachen herauskriegte, es war ein Leichtes, ich würde mich mit der Presseabteilung verbinden lassen oder mit dem Geschäftsführer persönlich, und dann sollten sie mal sehen, was sie davon hatten, mich ... Es wurde abgenommen. Die nervige Melodie aus dem Internet ertönte. Dann klickte es, und eine freundliche Frauenstimme meldete sich: »Herzlich willkommen bei ›Das Beste vom Mann‹, dem frischen Spermaspenderlieferservice mit Rundumbetreuung.«

Ich beherrschte mich, ich war professionell. »Ja, guten Tag. Ich habe ...«

Die Frau sprach weiter. »Wir sind jederzeit für Sie da. Bitte teilen Sie uns Ihr Anliegen mit, dann helfen wir Ihnen sofort!«

»Ja, ich möchte bitte ...«

»Dies ist ein Sprachprogramm, das Sie selber steuern können.« Die Frauenstimme zählte die Möglichkeiten auf: »Möchten Sie eine medizinische Beratung, dann sagen Sie jetzt Ja ...«

»Nein.«

»Jetzt!«

»Nein!« Die raubten einem den letzten Nerv, während meine biologische Uhr und der Gebührenzähler tickten.

»Haben Sie Fragen zu den Lieferbedingungen oder Ihrer Rechnung, dann sagen Sie jetzt Ja ...«

»Nein, verdammt noch mal, mach weiter, du blöde Kuh, oder ich mach dich kalt!«

Das war der einzige Vorteil, mit einer Maschine zu sprechen, da konnte man auch mal Dampf ablassen, dachte ich gerade, da ertönte schon wieder das Jingle und wenig später das Sprüchlein der freundlichen Frauenstimme: »Herzlich willkommen bei ›Das Beste vom Mann‹, dem frischen Spermaspenderlieferservice mit Rundumbetreuung ...«

»Das darf doch nicht wahr sein! Diese beschissenen ...«, motzte ich, wurde aber wieder unterbrochen.

»Wollen Sie eine persönliche Beratung?«

»Geht keiner dran?«, fragte Eddy.

»... dann sagen Sie jetzt Ja«, sagte die Stimme.

»Nein«, sagte ich zu Eddy und schrie in den Hörer: »Ja! Ja! Ja!« Zu spät.

»Verdammter Mist«, fluchte ich, und schon war ich wieder am Anfang des Ansagebands.

»So eine Scheiße. Und jetzt? Jetzt bin ich zweitausend Euro ärmer und kein bisschen befruchtet«, jammerte ich wenig später am Tisch. Ich saß, den Kopf in die Hände gestützt. Eddy hing auf dem Sofa, rauchte einen Joint und laberte vor sich hin.

»Es ist doch ein bisschen riskant, wenn man den Samengeber nicht kennt. Andererseits, wenn man sich keine Gedanken machen würde, wie er so wäre, dann wäre es auch nicht mehr so schlimm, dass man ihn überhaupt nicht kennt. Also entweder man kennt ihn gar nicht und will ihn auch nicht kennen, oder eben doch, weil man ihn sich selber ausgesucht hat, dann ist es auch nicht mehr riskant, weil man den Samengeber ja dann kennt.«

Das Gefasel rauschte durch meine Ohren. Doch dann fiel mir was auf: »Was hast du gerade gesagt?«

Eddy pustete den Rauch aus und antwortete empört: »Hä? Weiß ich doch jetzt nicht mehr.«

»Genau das ist es!«

»Was ist was?«

»Wir besorgen uns das Sperma von einem richtig tollen Typen!«

»Und wie willst du das machen, bitte schön? Hey, du siehst anständig aus, spritz doch bitte mal diesen Becher?«

»Jawoll! Genau so machen wir das! Also pass auf ...«

18 

Die Samenbank war optimal für unsere Bedürfnisse: Sie lag ganz diskret auf der Rückseite eines Instituts für Reproduktion. So hieß das heute. Gehet hin und reproduziert euch! Jedenfalls war sie überschaubar klein. In der dazugehörigen Klinik konnten sich Paare mit Kinderwunsch behandeln lassen. Wieso durfte man sich nicht als Singlefrau behandeln lassen? Keinen Mann zu haben oder einen, der keine Kinder will, ist doch auch eine Krankheit und mindestens genauso schlimm, wie als Paar aus welchen Gründen auch immer keine Kinder bekommen zu können!

Sie zwingen einen ja geradezu, das Heft selbst in die Hand zu nehmen. Was bleibt einem anderes übrig? Ich fand, das klang sehr überzeugend. Mehr Rechtfertigung brauchte ich nicht. Schluss mit der Diskriminierung von Singles. Es gab schließlich auch Single-Portionen Kartoffelbrei, warum sollte es dann nicht Single-Portionen Sperma geben?

Der Betrieb lief hier fast vollständig automatisch, es gab nur eine Empfangsdame, die die Herren in die Kabinen schickte, wo sie alles fanden, was sie brauchten. Der Becher wurde in eine Schleuse gestellt, und das war's. Unter Vorgabe, einen Radiobericht zu machen, hatte ich dort recherchiert und mir alles genau angesehen. Klaus hatte sich sogar – auf Eddys Drängen – als Undercover-Spender zur Verfügung gestellt und einen Probelauf gemacht. Wir hatten jedes Detail vorbereitet.

Sogar eine Umstandshose hatte ich mir gekauft.

»Was soll das denn?«, fragte Eddy entgeistert.

»Die brauche ich.«

Eddy starrte mich an, während ich den megabreiten Dehnbund bis unter den Busen hochzog. »Du weißt aber schon, dass es dauert, bis du einen dicken Bauch bekommst?«

»Ich bin vielleicht verzweifelt, Eddy, aber nicht blöd.« Mit einem Gürtel gab ich der Hose an der Hüfte Halt und kaschierte das Ganze mit einem weiten Pulli. Selten war ich mir so dünn vorgekommen.

»Aber schick ist das nicht«, rügte Eddy. Brauchte es auch nicht zu sein. Die Hose war Teil des perfekt ausgeheckten Plans, der nur noch darauf wartete, in die Tat umgesetzt zu werden.

Ich hatte eine blonde Pagenkopf-Perücke aus Eddys Sammlung bekommen, sie hatte sich langes schwarzes Latinahaar aufgestülpt. Ich verschanzte mich hinter meiner riesigen Sonnenbrille und beobachtete das Klinikgebäude. Klaus kam aus der Tür und lief über die Straße zu uns herüber. Wir hatten unauffällig hinter einer Birke auf einem großen Parkplatz geparkt. Ich ließ das Beifahrerfenster herunter, wo Eddy saß. Er beugte sich zu ihr hinein. »Also, Mädels, die Luft ist rein.«

»Gut«, sagte ich knapp. Jetzt war keine Zeit zum Plaudern. Jetzt war es Zeit zu handeln.

Er schaute Eddy an. »Und ihr wollt das wirklich durchziehen? Na ja, ich will euch da ja nicht reinreden, aber ich …«

»Dann tu's auch nicht, mein Schatz. Ich hab schon alles versucht, aber glaub mir: Für moralische Bedenken ist es zu spät«, seufzte Eddy und machte eine Kopfbewegung in meine Richtung. Ich ließ mich nicht beeindrucken. Ich hatte einen Plan, eine Mission.

»Also gut, viel Glück dann! Bis heute Abend«, sagte Klaus, küsste Eddy und verschwand.

»Okay. Uhrenvergleich?« Meine Stimme hörte sich an wie in einem Actionfilm. Ich war professionell, in jeder Lage.

»Hä? Wozu das denn?«, fragte Eddy.

»Hey, das macht man so ...«

»Ich trage keine Uhren, weißt du doch.«

Ich starrte Eddy an. »Wir haben doch extra gesagt, dass wir eine Uhr mitnehmen.«

»Du sagst es: eine Uhr! Und du hast eine, also läuft alles nach Plan.«

»Edwina«, rügte ich.

»Thelma«, sagte Eddy, »nenn mich Thelma, das ist sicherer.«

»Wieso bist du Thelma?«

»Damit man uns nicht so leicht identifizieren kann.«

»Aber ich will Thelma sein!«

»Geht das schon wieder los?«, stöhnte Eddy, »du bist Louise, das hatten wir doch ausgemacht.«

»Aber zu meiner Frisur passt es viel besser, wenn ich Thelma bin«, schmollte ich.

»Wer von beiden hat denn kürzere Haare? – Louise. Also musst du Louise sein, und ich Thelma.«

»Aber ...«

»Ich bin Thelma.«

»Aber ...«

»Ich bin Thelma.«

Ich seufzte. »Also gut, meinetwegen. Wenn du so kindisch bist, dann bitteschön.«

Ich stieg aus. Eddy schnappte ihre Tasche und lief hinterher. Als sie mich eingeholt hatte, sagte sie: »Außerdem bist du die Anführerin. Deshalb musst du Louise sein.«

»Genau. Thelma ist nur das Anhängsel«, ätzte ich.

»Und schläft mit Brad Pitt«, antwortete Eddy herausfordernd.

»Das *dumme* Anhängsel.«

»Mit dem *jungen* Brad Pitt.«

Wir waren in der Eingangshalle angekommen.

»Okay, Schluss jetzt«, befahl ich und verkniff mir die Bemerkung, dass Louise dafür von Michael Madsen einen Verlobungsring geschenkt bekommt.

»Schwänze hoch, das ist ein Samenbanküberfall!«, kicherte Eddy leise.

»Sch, Edwi…«

»Thelma.«

»Thelma, wie oft hab ich schon gesagt, dass es kein Überfall ist? Es ist nur …«

»Was? Samenraub? Der Angela-Ermakowa-Gedächtnis-Frevel?«

»Nein. Selbstbefriedigung.« Ich schaute mich um. »So, und jetzt Konzentration bitte. Es geht los.«

»Gut. Gib mir drei Minuten, dann kommst du nach«, sagte Eddy. Ich zeigte Daumen hoch, schaute auf meine Uhr, und schon war sie trippelnden Schrittes verschwunden. Ich postierte mich hinter einem Plastik-Ficus und lugte durch die Glastür. Nur schemenhaft zeichnete sich der Tresen am Ende des Ganges ab. Ich dachte schon, ich hätte was an den Augen und dass mir vielleicht die Ungeheuerlichkeit unseres Vorhabens den klaren Blick geraubt hätte, doch dann bemerkte ich, dass es einfach zu dunkel war für eine Sonnenbrille. Mist. Die Hälfte meiner Tarnung war dahin. Ich steckte die Brille in meine Tasche. Dumpfe Schreie drangen zu mir. Also war Eddy mitten in ihrem Auftritt.

Ich zog ein paar Blätter zur Seite und sah die Dame hinter dem Tresen aufspringen und weghuschen. Also los! Auftritt Louise! Mein Herz klopfte bis zum Hals. Ich atmete tief ein und ging festen Schrittes durch die Glastür. Der Gang bis zum Wartebereich war neutral gehalten wie in einer Arztpraxis, ein paar beruhigende Bilder von Sonnenuntergängen am Palmenstrand, Südseeatollen und Hibiskuspflanzen zierten die Wand. Fahrstuhl-Musik dudelte aus dem Lautsprecher. Auf den Plastiksitzen wartete ein junger Mann. Von dem Foyer führten zwei Gänge ab, die – wie ich wusste – ineinander übergingen. Es war ein Rundkurs an den Kabinen vorbei. Aus der Toilette zur Rechten drangen Eddys Schreie dumpf nach außen.

»Ich weiß, dass er hier ist. Und er hat mir doch ewige Treue geschworen, dieses Arschloch. Ich bring ihn um!«

Die Erwiderung der Empfangsdame konnte ich nicht verstehen. Egal. Ich setzte mich hinter den Tresen, als würde ich das jeden Tag machen, versuchte, die Routine einer Samenbankhelferin möglichst überzeugend rüberzubringen. Ich orientierte mich schnell. Da lagen die Formulare der Männer, die gerade hier waren. Eine Reihe Leuchtdioden zeigte an, welche Kabinen besetzt waren. Gerade erlosch ein Licht. Ein Mann mit einem Bart, der knapp unter den Tränensäcken anfing, in den Kragen hineinwucherte und an den Hemdsärmeln wieder rauskam, verließ Kabine fünf und blieb vor meinem Tresen stehen.

»Äh, kann ich Ihnen helfen?«, fragte ich.

»Hmm«, sagte der Mann.

Diese Behaarung, unglaublich! Vielleicht war das ein

Werwolf, durchfuhr es mich. Von dem wollte ich auf keinen Fall ein Kind. Der Mann wartete und trommelte mit seinen pelzigen Fingern auf den Tresen. Was musste ich jetzt noch mal tun? Schnell überflog ich die Formulare, nahm auf gut Glück eines und sagte: »Nummer 798?«

»Hmmja.« Er machte den Mund nicht auf, wahrscheinlich um seine langen gelben Reißzähne zu verbergen. Ich sah, dass die Quittung noch nicht unterschrieben war. »Sie bekommen noch Geld?«

»Hmmja.«

Ich nahm meine Handtasche und suchte nach meinem Portemonnaie. Ich fand zwar den Dior-Lippenstift, den ich seit langem vermisste, und eine Rechnung, zu der ich schon die passende Mahnung erhalten hatte, aber keinen Geldbeutel. Oh nein! Eddy hatte auf dem Hinweg unbedingt noch eine Makrone haben wollen – Zucker gegen Stress –, und mir fiel ein, dass ich meine Brieftasche danach ins Handschuhfach gelegt hatte. Verlegen lachte ich den Werwolf an.

»Äh, können wir Ihnen die Summe nicht überweisen?«

Er ließ ein eigenartiges Knurren verlauten, und ich beeilte mich zu sagen: »Kein Problem. Sie kriegen es in bar.«

Wenn Sie mich dafür nicht beißen. Gut, hier irgendwo musste die Kasse sein. Aber wo? Das war eine Frage gewesen, die ich – bei aller Gründlichkeit der Recherche – nicht hatte stellen können, ohne mich verdächtig zu machen. Aus der Toilette kamen keine Geräusche mehr. Es musste schneller gehen, schon bald würde die Empfangsdame wiederkommen. Ich entdeckte einen Schlüssel, der unter der Tischkante hing, nahm ihn und steckte ihn auf gut Glück in das Schloss eines Schränkchens rechts. Er passte. Und die Kasse war auch noch drin. Die heilige Insemina hielt ihre Hand schützend über mich! Eigentlich bekam er nur fünfzig Euro, wie ich mich erinnerte, aber ich drückte ihm einen Hunderter in die Klaue, damit er sich schneller vom Acker machte. Erstaunt starrte er mich an.

»Danke vielmals«, sagte er und verschwand eilig, bevor ich den »Irrtum« bemerken konnte. Ich atmete auf. Jetzt musste nur noch der junge Mann im Warteraum weg, keine Zeugen bitte. Ich nahm das nächste Formular und rief mit zitternder Stimme. »Nummer 276 – bitte in die 5!« So machte man das doch bei Durchsagen.

Er drehte sich zu mir um. »Wie bitte?«

»Äh, Kabine 5 ist für Sie bereit!«

Er stand auf und ging in Kabine 5. Das rote Lämpchen über der Tür und auf meinem Pult leuchteten auf. Ich überflog hastig seine Referenzen, die auf dem Formular eingetragen waren. Er war kein Adonis, aber auch nicht verbaut, mittelgroß, nicht zu dünn, nicht zu dick, aschblondes Haar, einfach Mittelmaß. Auf dem Formular sah ich, dass er Angestellter im öffentlichen Dienst war. Und damit gehörte er schon wieder in die Kategorie »No way« – zu viele durchschnittliche Werte addiert ergaben ein glattes Mangelhaft.

Ich glaubte, die Toilettentür gehört zu haben, oh Scheiße, wenn die Empfangsdame mich hier erwischte, würde sie mich einen Kopf kürzer machen. Doch es war die Eingangstür. Heilige Insemina, schick mir einen gut aussehenden, anständigen Mann! Ich hob den Kopf und traute meinen Augen kaum. Es hatte schon wieder funktioniert. Da kam Ewan McGregor, er glitt wie in Zeitlupe zu mir herüber.

»Guten Tag«, sagte er, »ich bin angemeldet.«

Jaaa, für meine Eizellen!

»Äh ja, wie heißen Sie bitte?«

»Ach, ich dachte, man muss die Nummer sagen. 452.«

»452. Nun, wo habe ich Sie denn?«

Ich wühlte in den Unterlagen, konnte meine Finger auf einmal kaum kontrollieren. Der junge Mann zeigt auf ein Blatt.

»Da ist es doch.«

»Ach ja. Entschuldigung, ich bin neu hier«, sagte ich schnell. Ich checkte seine Angaben: Arzt, HIV-Test: negativ, Familienanamnese: keine besonderen Vorkommnisse.

»Sie sehen sehr gut aus, äh, ich meine, das hier, das hier sieht sehr gut aus«, verbesserte ich mich.

»Ja, ist ein ganz ordentliches Zeugnis, nicht wahr?«

»Äh ja. Und jetzt – also, ja, der Becher ist in der Kabine.«

Die Toilettentür ging. Ich hörte Eddy schwach rufen: »Ich bring ihn trotzdem um!«, aber die Frau erwiderte: »Hören Sie, ich muss wieder nach vorn, tut mir leid.«

»Bitte gehen Sie in Kabine 3 – hier im linken Gang. Eine Kollegin wird den Becher dann abholen«, sagte ich schnell zu 452-Ewan McGregor.

»Wie lange müssen Sie denn heute noch arbeiten?«, fragte er.

»Äh, die ganze Nacht. Gehen Sie jetzt bitte in Kabine 3.«

»Ihr Wunsch ist mir Befehl!«

Auf dem Weg in den linken Gang blieb er kurz stehen.

»Ich werde bestimmt noch an Sie denken!« Er grinste anzüglich und verschwand. Ich wollte mich gerade verdrücken, da kam die Empfangsdame um die Ecke auf den Tresen zu. Im letzten Moment rettete ich mich mit einem Hechtsprung unter die Tischplatte und quetschte mich in die staubige Ecke.

So eine Scheiße! Die Frau setzte sich auf den Stuhl und rollte weit nach vorne. Ihre wurstigen Beine kamen mir gefährlich nahe. Sie trug eine fleischfarbene Nylonstrumpfhose. Die Haarstoppeln drückten sich durch den dünnen Stoff, und ich konnte die Besenreiser sehen. Ihre Füße steckten in beigefarbenen, viel zu engen Ballerinas aus geflochtenem Leder. Das Fleisch des Spanns wurde nach oben und der dicke Zeh aus dem kleinen Loch an der Schuhspitze gequetscht. Er war rot lackiert, was die Verwachsungen nicht tarnen konnte. Und da regt man sich über chinesische Krüppelfüße auf!

»Nanu«, sagte sie und wühlte in den Formularen. Ich wagte nicht zu atmen. Sie zog ihre Schuhe aus. Ich konnte nicht mehr atmen.

Kurz bevor ich ohnmächtig wurde, stand sie auf und verließ ihren Posten. Ich hörte sie an eine Tür klopfen und rappelte mich auf.

»Was ist?«, rief jemand genervt. Ich lief um den Tresen herum.

»Ach, entschuldigen Sie, ich wollte nur mal sehen, ob hier jemand drin ist«, sagte die Empfangsdame.

Ich war gerade um die Ecke, als sie kopfschüttelnd wiederkam. Ich folgte dem Rundgang bis zur Toilette und schlüpfte hinein.

»Thelma?«, flüsterte ich.

»Ja, hier bin ich.« Sie öffnete vorsichtig die Tür. Sie hatte sich als Krankenschwester verkleidet und trug eine bombastische rote Perücke. Ihr Kittel war mehr als offenherzig.

»Was ist das denn? Dein Outfit für die Telefonsexwerbung?«, zischte ich.

»Ich kann doch nichts dafür, dass die hier alle so spießig rumlaufen! Also, wo muss ich hin?«

»Kabine 3.«

»Okay, also dann!«

»Denk dran, du musst ihn erwischen, bevor er den Becher in die Schleuse stellt! Sonst war alles umsonst.«

»Alles klar, Louise. Wie lange ist er drin?«

Ich schaute auf die Uhr. »Viereinhalb Minuten.«

»Harte Eier brauchen länger«, feixte Eddy.

»Wie bitte? Beeil dich lieber.«

»Gut, in drei Minuten geh ich los.« Ich wollte gerade protestieren, da sagte sie: »Eins, zwei, drei«, und schon war sie zur Tür hinaus. Ich wartete zwei Minuten und folgte ihr. Es war perfekt, *wir* waren perfekt, wie eine eingespielte Staffel: Eddy kam aus der Kabine Nummer 3, ich ging ihr entgegen, schnappte mir den verschlossenen Becher und steckte ihn unter meinen Pulli in den textilen Uterus, den Dehnbund der Umstandshose. Das Plastik des Bechers war noch kühl auf meiner Haut, würde sich aber bald erwärmen – und das sollte es auch, denn das Sperma musste möglichst auf Körpertemperatur gehalten werden.

Eddy ging zur Toilette, und ich machte den Flur-Rundgang bis nach vorne. Jetzt nur noch am Tresen vorbei. Einfach nicht hingucken. Ich holte die Sonnenbrille hervor und zog sie auf. Aus dem Augenwinkel nahm ich die Empfangsdame wahr, die irritiert zu mir herübersah.

»Äh, hallo?«, fragte sie. Ich tat so, als hörte ich sie nicht, und beschleunigte meinen Schritt. Da ging eine Tür. Aus einem dummen Reflex heraus drehte ich mich um, um einen letzten Blick auf den Vater meines Kindes zu werfen.

»Hey, warten Sie mal«, rief Ewan McGregor mir hinterher, »ich dachte, Sie haben noch Dienst?«

Ich fing an zu laufen, hörte aber noch, wie Ewan McGregor zu der Empfangsdame sagte: »Ihr neuer Service ist eine tolle Idee. Eine sexy Krankenschwester in die Kabine zu schicken – das nenne ich Motivation!«

Ich rannte über die Straße, fast hätte mich ein Lieferwagen erwischt, ich hastete zum Parkplatz und schlüpfte ins Auto, riss mir Perücke und Sonnenbrille vom Kopf und startete den Wagen. Mit quietschenden Reifen fuhr ich vom Parkplatz und zwang einige Verkehrsteilnehmer zu schnellen Reaktionen. In diesem Moment sprintete Eddy auch schon aus dem Eingang, die Empfangsdame ihr hinterher.

Mist, die Nummernschilder! An den Nummernschildern kann man mich identifizieren, dachte ich und gab Gas. Ich sah Eddy fluchend auf dem Bürgersteig stehen und mir fassungslos hinterherschauen.

Ich weiß, das war asozial. Das war wirklich nicht in Ordnung. Meine beste Freundin! Die gute Eddy, die immer für mich da war, ich hatte sie bitter enttäuscht. Louise hätte Thelma *nie* im Stich gelassen, nicht mal wegen Brad Pitt. Aber so ist das Leben, es ist keine erfolgreiche Hollywood-Produktion. Es ist ein teurer Flop. Das musste ich bald feststellen. Aber der Reihe nach.

Ich bretterte nach Hause. Ich hatte nicht viel Zeit: Eine Stunde allerhöchstens, dann würden die meisten Spermien hinüber sein. Die Samenbank war in Düsseldorf, also musste ich wirklich auf die Tube drücken.

Bis zur Autobahnabfahrt in die Kölner Innenstadt lief alles glatt. Dann war Stau. Irgend so ein Penner von Lkw-Fahrer hatte die Brückenhöhe überschätzt und war mit seinem Truck darunter hängen geblieben. 34 Minuten nach Ejakulation: Ich trommelte auf das Lenkrad und schrie herum. 37 Minuten n. E.: Wünschte mir einen Bulldozer, um alle platt zu machen, die mir im Weg standen. 42 Minuten n. E.: Holte den Becher aus dem Dehnbund. Es sind schon Kinder im Auto zur Welt gekommen, warum soll dieses nicht im Auto gezeugt werden? 42,5 Minuten n. E.: Es ging weiter. 44 Minuten n. E.: War da eine rote Ampel gewesen? 45 Minuten n. E.: Feuerwehreinfahrt? Mir egal. Es geht schließlich um Leben und Tod. 46 Minuten n. E.: Auto geparkt, Treppe hoch, keuch keuch. Als ich den Schlüssel ins Schloss steckte, merkte ich, dass jemand da war. Es war nicht abgeschlossen. Ich stürmte hinein. Finn stand mit einem Karton im Flur. Seine Arme waren sehnig und braungebrannt. Er sah fantastisch aus. Unsere Blicke trafen sich. Ein Blitz durchzuckte meinen Körper. Für einen Augenblick herrschte absolute Stille.

Dann sagte er: »Hallo, Anna. Wie geht's?«

»Hallo, Finn. So weit gut.« Ich versteckte den Becher schnell hinter meinem Rücken.

»Sollen wir nicht noch mal über alles reden?«, fragte er.

Jetzt war keine Zeit für lange Diskussionen. Das Sperma geht kaputt, schallte es durch meinen Kopf.

»Hast du deine Meinung übers Kinderkriegen geändert?«

»Nein. Und besonders nicht nach der Attacke mit dem Kondo ...«

»Sorry, aber dann gibt es nichts zu besprechen. Und ich hab's auch sehr eilig. Bis dann mal.«

Ich drängte ihn zur Tür, sein Blick war traurig und verwirrt, aber mir blieben nur noch wenige Minuten, um meine Mission zu erfüllen. Fahrig zog ich den Karton unter dem Sofa hervor, holte eine von den Spritzen heraus. Diesmal machte ich mir keine Mühe mit Kerzen und Schnickschnack, das war ein Quickie; rein, abspritzen, raus. Ich öffnete vorsichtig den Becher, stellte ihn auf den Couchtisch, zog meine Hose aus, schnell, die Spritze und das Kissen, die richtige Position musste es sein. Ich riss hektisch das Kissen vom Sofa. Es war schwerer, als ich dachte, ich zog kräftig, und mit einem Schwung pfefferte ich es gegen den Becher auf dem Tisch. Fassungslos beobachtete ich, wie der Inhalt sich in die Chipsschale ergoss und von den paprikafarbenen Krümeln aufgesogen wurde. Ich brauchte eine Zeit, um das Ausmaß der Katastrophe zu begreifen. Saß da und starrte auf die Schale. Dann wurde mir klar: Es war offiziell. Ich war offiziell am Ende. Mein Waterloo hieß Chipsfrisch. Ich hatte Eddy sitzen lassen, Finn vergrault, noch eine Eizelle verloren, keine Hoffnung mehr. Alles, was ich besaß, war Sperma »ungarisch«.

19 

Ich ertränkte meinen Kummer in einem Kübel Gin Tonic. Was war nur passiert? Nichts klappte mehr, es war wie verhext. Ich war einmal eine glückliche Frau gewesen, erfolgreich, beliebt, *ge*liebt, mit mir im Reinen. Und dann war alles schiefgegangen. Das Los meines Schicksals war eine Niete, erkannte ich irgendwann zwischen dem zweiten und dem vierzehnten Cocktail. Ich fiel ins Bett und in einen komatösen Schlaf. Doch gegen Morgen hatte ich einen Traum, der mein Leben veränderte. Es wäre sonst nie so gekommen, wie es dann kam.

Ich lag auf der Liege in der Praxis. Die Frauenärztin fuhr auf meinem mit Gel beschmierten riesigen Schwangerenbauch herum. Das Ultraschallbild waberte in Schwarzweiß auf dem Monitor über mir. »Ja, sehr schön, das sieht alles sehr schön aus … ganz prima. Wollen Sie wissen, was es wird?«

Ich schaute auf meine Hand, die von einer kräftigen Männerhand zustimmend gedrückt wurde. Ich war nicht allein! Mein Mann war bei mir! Ich sagte: »Ja, wir wollen es wissen.«

»Sehen Sie hier …«

Auf dem Ultraschallbild waren die Umrisse schon deutlich zu erkennen.

Die Ärztin verkündete: »Es ist …«

Ich beugte mich vor.

»... ein Dildo!«

Und tatsächlich, da war es – mein Kind, ein Miniaturdildo!

»Das ist aber schön, nicht wahr, Schatz?«, sagte ich zu meinem Mann. Er drückte meine Hand.

»Und hören Sie seine Herzgeräusche?«, fragte die Ärztin begeistert. Und wie ich es hörte! Ein kleines Vibratorbrummen! Mein Herz machte einen Sprung vor Freude. Die Ärztin fuhr weiter mit dem Ultraschallgerät auf meinem Bauch herum.

Plötzlich merkte ich, dass meine Haut nass war, nass und kühl. Ich sah an mir herunter, und da war überall schleimiges Gel, und ich schaute entsetzt zu meinem Mann, und ich stellte fest, dass er ein riesiger Dildo war, fleischfarben, mit dicken Adern. Entsetzt sprang ich auf, stieß die Ärztin zur Seite und rannte auf den Gang.

Dort kamen Finn und Eddy, und ich wollte schon auf sie losstürmen, doch dann bemerkte ich, dass Eddy ein Brautkleid trug. Sie heiratete Finn! Blumenkinder liefen vorneweg und streuten Kondome. Ich wollte auf die beiden zulaufen, doch meine Beine steckten fest, ich kam nicht vorwärts, so sehr ich mich auch bemühte. Das Brautpaar schritt in einem Glorienschein aus Zufriedenheit an mir vorüber, beachtete mich gar nicht, ich wollte schreien, aber ich konnte nicht, und dann erwachte ich mit pochendem Herzen und trockenem Mund.

Benommen stieg ich unter die Dusche, ließ minutenlang das Wasser über mich laufen und überlegte, was der Traum wohl zu bedeuten hatte. Die erste Möglichkeit war: Ich sollte mir einen Vibrator kaufen. Die zweite: Ich sollte mal wieder zum Frauenarzt gehen. Aber irgendwie erschien es mir so, als wäre das zu einfach. Als ich meinen Kopf mit Conditioner massierte, fiel es mir dann wie Schuppen von den Augen. Na klar! Das war ein Zeichen! Ich war vom rechten Weg abgekommen, aber jetzt war ich geläutert worden. Schluss mit dem künstlichen Kram. Ein echter Mann muss her. Ein richtiger Vater, keine Spritze, kein Becher, kein Dildo. Natürlich! So war es.

Als Erstes musste ich dringend Abbitte leisten, musste sie sprechen, sofort. Mit ihr an der Seite würden sich alle Probleme in Luft auflösen. Trotz meines Katers war ich wieder fit, schlang mir ein Handtuch ums Haar, schlüpfte in den Bademantel und flitzte zum Telefon. Hoffentlich ist sie da, hoffentlich ist sie da. Es klingelte am anderen Ende der Leitung. Dann das erlösende Klacken, als abgenommen wurde. »Hallo?«

»Hallo, Mama.«

»Ach, Kindchen, gut, dass du anrufst. Dann hast du es schon gehört?«

»Was hab ich gehört?«

»Finn«, sagte sie und machte eine Pause.

»Was ist mit ihm?« Sie sollte endlich damit herausrücken. Wahrscheinlich wollte sie mir schon wieder sagen, dass er mir die besten Jahre meines Lebens gestohlen hatte, dass er es nicht wert gewesen war, dass ich mich überhaupt mit ihm abgegeben habe, dass er nur ein nichtsnutzi…

»Er hat eine neue Freundin.«

Die Welt implodierte.

Übrig blieb ein Haufen frostiger Schlacke.

Äonen vergingen.

Langsam kroch neues Leben aus der zähen Materie.

Kriechtiere mit gebrochenen Herzen wanderten gedemütigt durch die kahle Wüstenei.

Jetzt cool bleiben. Du hast eine Chance, wenn du cool bleibst. Eine neue Freundin. *Eine neue Freundin!* Gab es etwas Schlimmeres? Wie konnte er mir das antun? Dieses Schwein. Dieses verdammte Schwein. Was für eine Schmach! *Vor mir* jemand Neues zu haben! Wieso gab es kein Gesetz dagegen?

»Wer ist es?«

»Doreen Dahlen.«

»Waaas? Diese Schauspielerin?«

»Ja.«

»Die ist doch erst zweiundzwanzig!«

»Ja.«

War das zu fassen? Ein Teenager! Ein pubertierender Teenager für das Spielkind. Das passte. Die Verzweiflung spielte mir einen Streich, und ich fing an zu lachen. Lachte glucksend, bis meine Augen zuquollen und mir die Tränen über die Wangen liefen und ich nur noch hechelnd nach Luft schnappen konnte.

»Wieso hast du denn noch keinen Neuen?«, fragte meine Mutter.

Weil ich ein Baby möchte, deshalb. Und ein Mann *und* ein Baby sind heutzutage anscheinend unmöglich zu bekommen. Es sei denn, man wechselte das Lager, politisch gesehen.

»Hast du noch die Nummer von Eberhard?«

»Dass ich das noch erleben darf! Meine Tochter wird vernünftig!«

Wir trafen uns am frühen Samstagnachmittag im Museum Ludwig. Ich hatte mich extra im Internet über die Ausstellung informiert, um ihn mit meinem Wissen über moderne Kunst beeindrucken zu können. Ich trug ein hellgraues Kostüm, das ich mir mal für ein Bewerbungsgespräch gekauft, aber nicht angezogen hatte, weil Eddy gesagt hatte, es sei zu wenig progressiv. Aber heute war der zurückhaltende First-Lady-Look angebracht. Ich würde mich später drum kümmern, eine Stilikone wie Prinzessin Mary von Dänemark zu werden. Ob das Seidenhalstuch ein bisschen zu viel war? Ach was, Jackie O. hatte es auch immer getragen, selbst Lady Diana trug es manchmal, Doris Schröder-Köpf allerdings auch. Mmhh. Ich zog es im letzten Moment aus und entschied mich stattdessen für eine Kelly-Bag in Rosa. Konservativ, aber nicht scheintot, lautete mein Dresscode.

Ob ich vielleicht ein bisschen übertrieben hatte?, fragte ich mich, als ich in einem Schaufenster mein onduliertes Haar betrachtete, das ich in einer mehrstündigen Aktion auf Lockenwickler gedreht, über die Rundbürste geföntund mir fast den Arm verrenkt), gekämmt und mit Haarspray eingenebelt hatte. Ich schüttelte meinen Kopf. Köln, achtzehn Grad, erstes Date mit dem Vater meiner Kinder, die Frisur sitzt.

Meine Zweifel, ob ich vielleicht overdressed war, verstummten, als ich ihn sah: schokobrauner Anzug, ein Hemd in Latte Macchiato. Die Kombination stand ihm hervorragend. Seine Haare schienen gar nicht mehr so rot zu sein, sie sahen vielmehr blond aus und passten sehr gut zu seinen braunen Augen. Er war größer, als ich ihn in Erinnerung hatte, jedenfalls konnte ich zu ihm aufsehen, wenn ich die Hüfte einknickte. Die Lippen waren sinnlich geschwungen und doch nicht vulgär breit, das Gebiss gepflegt, da hatte sich die Zahnspange mit dem Geschirr am Hinterkopf, die er in der achten Klasse getragen hatte, richtig gelohnt.

Was hatte ich eigentlich die ganze Zeit gegen ihn gehabt? Er sah doch blendend aus? Aber, was das Beste an ihm war: Er verehrte mich. Das hatte er seit der zehnten Klasse getan. Bis zum Abitur. Und danach auch. Bei unserem zehnjährigen Abitreffen hatte er sich zwar nicht betrunken, was vielleicht daran lag, dass er seinen Freiheit-Ehre-Vaterland-Bierkrug nicht dabeigehabt hatte, aber sich trotz seiner bemüht distinguierten Haltung getraut, mir seine ewige Liebe zu versichern. Oder so ähnlich. Es hatte Schlammbowle gegeben, so eine Sauerei mit tagelang in Wodka eingelegten Früchten, und ich konnte mich nicht mehr an alles erinnern. Aber hinterher hatte ich die Fotos gesehen und bemerkt, dass er auf jedem Bild neben mir stand und mir auf einem sogar den Arm um die Schultern gelegt hatte.

Jahrelang hatte ich ihn nicht beachtet, aber jetzt würden wir zusammenfinden, so wie es schon seit Anbeginn der Zeiten vorherbestimmt war. Er strahlte wie ein Kind, das endlich den geschmückten Weihnachtsbaum zu sehen bekommt, unter dem die Pakete liegen, die es später auspacken darf. Und ich meinerseits dachte an das schönste Geschenk, das er mir machen würde: ein Baby. Dass er Kinder wollte – und das am liebsten von mir, hatte er mir immer wieder auf Schulfeten ins Ohr gelallt. Und meine Mutter hatte mir gesteckt, dass er sich von seiner Freundin, dem Model, getrennt hatte, weil sie sich nicht die Karriere mit einer Schwangerschaft ruinieren wollte. Wir waren also das perfekte Paar.

Heute weiß ich, dass mein Hormonhaushalt sich als Schicksalsgöttin aufgespielt und mich an der Nase herumgeführt hat. Aber damals klammerte ich mich fest an den Glauben, dass sich nun alles zum Positiven wenden würde.

Ich ging auf ihn zu. Er begrüßte mich mit Handkuss und sagte: »Auf diesen Tag hab ich mein Leben lang gewartet.«

Er hielt mir die Türen auf, half mir aus meinem Mantel. Ich revanchierte mich mit meinem Fachwissen über moderne Kunst. Kunst müsse für ihn vor allem im Wert steigen, lachte er, und ich vergaß, dass ich es früher für ein Wiehern gehalten hatte. Als wir das Museum verließen, bot er mir seinen Arm an, und meine Kelly-Bag und ich fühlten uns wie in einem alten Hollywoodschinken. Der Grandseigneur und die Diva. Der Bundeskanzler in spe und seine First Lady.

Wir gingen Kaffee trinken, und dann lud er mich zum Edelitaliener ein. Mein Internetwissen über moderne Kunst rettete die Konversation noch bis zur Vorspeise, aber keinen Moment weiter. Doch das war nicht schlimm, ich konnte ihm einfach lauschen, während er über Politik und seine Arbeit bei der CDU sprach und von seinem Bestreben, bald in den Bundestag gewählt zu werden. Dann redete er über die schwierige wirtschaftliche Lage, in der vor allem jeder selber gefragt sei, aktiv zu werden. Genau, dachte ich mir, ich bin eben auch aktiv geworden, so schwer ist das doch alles nicht.

Wenn ich mir das heute überlege, kann ich es nicht fassen, dass meine Gedanken nur um Samen, Befruchtung und Babys kreisten. Gus-Gus, Eddy, der kleine Vorfall in der Samenbank, all das war vergessen. Die Frucht meines Leibes, das war es, was mich interessierte. Und Eberhard hatte Ehrgeiz, er übernahm Verantwortung, und er würde bestimmt bald um meine Hand anhalten, spätestens wenn ich schwanger war, und das würde bald sein.

Als wir am kommenden Wochenende meine Eltern besuchten, hielt selbst meine Schwester die Klappe, sie wusste, dass Eberhard mehr Geld hatte als ihr Mann und aus einer angeseheneren Familie stammte. Konrad kroch ihm in den Hintern, und auch mein Vater ließ sich von ihm beeindrucken. Ich war wieder oben auf. Auf dem Rückweg fühlte ich mich richtig gut, ich himmelte Eberhard so feste an, dass ich beinahe die beiden Jungs übersehen hätte, die mir entgegenkamen.

»Hallo, Anna«, hörte ich plötzlich. Benno stand vor mir, Hasi drückte sich an seiner Seite herum, wie immer schlürfte er einen Fitnessdrink.

»Ach, hallo, wie geht's?«, sagte ich. Er wird es ihm erzählen, er wird Finn von meinem neuen Freund berichten, ha ha!, das wird ein Schock für ihn sein! Dann wird er sich grün und blau ärgern mit seinem kleinen Flittchen, dieser Möchtegern-Lolita! Ha!

»Gut, so weit. Und dir? Besser, wie es scheint«, antwortete Benno und musterte Eberhard.

»Ja, das kann man sagen. Alles bestens, voll im grünen Bereich. Ganz toll, wirklich«, sagte ich. »Äh, Eberhard, das sind Benno und Hasi, äh … alte Freunde von mir.«

Er gab ihnen die Hand. »Freunde von Anna sind auch meine Freunde.«

Dann standen wir ein bisschen unschlüssig rum. Das einzige Geräusch kam von Hasi, der den Fitnessdrink lautstark durch den Strohhalm sog.

»Also bis dann«, sagte ich.

»Ja, bis dann.«

Ha ha! Bald würde Finn angekrochen kommen, aber dann wäre es zu spät. Ich trüge schon das Kind eines anderen unter dem Herzen.

Wenig später kam der Tag, an dem es endlich passieren sollte. Finn hatte sich nicht gemeldet, dieser Idiot. Er würde schon sehen, was er davon hatte. Ich jedenfalls hatte mich aufgespart für Eberhard, denn das erste Mal sollte etwas Besonderes für uns sein, sagte ich. Dabei hatte ich *ihn* aufsparen wollen – nach sexueller Enthaltsamkeit ist die Anzahl der Spermien angeblich erhöht. Wir spazierten von einem leichten Essen nach Hause. Ich hatte ihn zum Sushi eingeladen, aber nicht bezahlen dürfen. Es war so wunderbar, eine First Lady zu sein! Außerdem kannte ich jetzt schon das ganze Wahlprogramm der christlichen Union und wusste genau, warum die SPD ein Haufen Mist war – mit Verlaub, sagte er dazu, wegen meiner Frau Mutter. Ich hörte nicht richtig zu, war irgendwie nervös, seine Haare leuchteten so rostig, aber das lag bestimmt nur an dem grellen Licht, unter dem wir saßen. Ich trank ein paar Sake, und das tat gut. Jetzt war mir warm, und es prickelte in meinem Körper. Ich grinste entschlossen vor mich hin.

Eberhards Penthouse war groß und ziemlich kahl. Ich fühlte mich wie in einen Design-Katalog gebeamt. Metall-Möbel und Lichtinstallationen. Ein paar in Form geschnittene Buchsbäume auf der Terrasse. Wie konnten sich Männer nur in einer solch unpersönlichen Atmosphäre wohlfühlen? Männer beschränken sich eben auf das Wesentliche, hatte Finn mal gesagt und Kartons voller Sportvideos in die Wohnung geschleppt. Na ja, mit ein bisschen Kinderspielzeug und der ordnenden Hand einer Ehefrau würde das hier bald schon anders aussehen, nach Leben!

Und dann würde er merken, was er bis dahin verpasst hatte. Männer sind ja so naiv! Glauben, mit Tisch und Stühlen und einem Wandschrank seien sie fertig eingerichtet! Glauben, ein einzelnes Bild an der Wand würde besser wirken! Dabei würde einer dieser durchsichtigen Plastikvorhänge mit Fächern für Postkarten die Paul-Klee-Lithografie an der Wand erst richtig hervorheben. Dazu ein

Bataillon bunter Teelichthalter auf den Fensterbänken, vielleicht ein kleines Blumenarrangement auf dem Mahagonitisch und ein paar chinesische Lack-Sonnenschirme über dem Sofa! An mir war wirklich eine Innenarchitektin verloren gegangen. Eberhard klappte ein Fach des Wandschranks auf, und eine dezent beleuchtete Bar wurde sichtbar.

»Martini-Cocktail?«, fragte er.

»Auf jeden Fall!«, antwortete ich.

Das Schlafzimmer wurde von einem schwarzen, runden Bett und einem gewaltigen Plasma-Bildschirm beherrscht.

»Wow, das ist aber ein Riesending«, kicherte ich angesäuselt. Er nahm die Fernbedienung und stellte ihn an.

»127 Zentimeter Bildschirmgröße, 1280 mal 768 Pixel, das Kontrastverhältnis ist 900:1. Ich hab PAL, NTSC ...« Er zappte durch die Kanäle und zählte auf, was sein hypermoderner Fernseher noch alles hatte, ABC, CIA, YMCA, was weiß ich. Er schaltete so schnell um, dass mir schwindelig wurde.

»Wow«, sagte ich noch mal.

»Auf der Festplatte kann man 130 Sendungen programmieren, die nimmt er automatisch auf und ...«

Ich nahm ihm die Fernbedienung aus der Hand, schaltete den Fernseher aus, warf die Bedienung achtlos aufs Bett und schmiegte mich an ihn.

»So«, säuselte ich, »und jetzt sei mein Wohltäter, *hicks*!« Ich ließ mich sinken, lasziv, wie ich fand.

Eberhard rieb sich die Hände. »Dann mach dich mal auf was gefasst.«

Mit einem Ratsch riss er meine Max-Mara-Bluse auf, die Knöpfe sprangen durch das Zimmer, und bevor ich irgendwie protestieren konnte, drückte er mich in die weichen Laken. Er nestelte an meinen BH herum, scheiterte aber am Häkchen. Ich griff schnell ein, bevor er ihn auch noch kaputtmachte. Er war schließlich von Simone Pérèle. Als er meinen Rock hochwühlte, waren seine Hände feucht, ganz im Gegensatz zu mir. Ich schloss die Augen und lehnte mich zurück. Entspann dich, Anna, denk an was Schönes, Brad Pitt und Angelina Jol…

Hupps! Er hatte sein Gesicht zwischen meinen Beinen vergraben, und beinahe hätte ich ihn in die Beinschere genommen. Ich rutschte ein Stück zurück, aus Reflex, und auch weil er irgendwie an der ganz falschen Stelle war, da spürte ich etwas Hartes unter meiner Schulter. Es war die Fernbedienung. Es klackte, und eine bläuliche, flackernde Sonne ging im Schlafzimmer auf. Gut, das Fernsehprogramm würde mich wenigstens von den schmatzenden Geräuschen ablenken, die Eberhard veranstaltete. Die Nachrichtensprecherin erzählte was von der Premiere eines neuen Films. Plötzlich dachte ich, ich hör nicht richtig.

»Für Gesprächsstoff sorgt dabei die junge Schauspielerin Doreen Dahlen, die Hauptdarstellerin von ›Die Großstadtkoyoten‹ …«

Waas? Ich richtete mich auf und schaute über Eberhards Rotschopf zum Fernseher. Ein Filmplakat mit Doreen in der Mitte erschien auf 127 Zentimetern. Blöde Ziege. Die Moderatorin redete weiter.

»Die Tochter des berühmten Filmproduzenten Walter Dahlen hütet wohl ein kleines Geheimnis.«

Ich fand, Doreen sah bescheuert aus auf dem Plakat. Miese Frisur.

»Bei der Viva-Party heute Abend in Köln blitzte ein Bäuchlein unter ihrem Kleid hervor.«

Ein Blitz durchzuckte mich. Da war er! Finn, Arm in

Arm mit Doreen. Sie stolzierten auf dem roten Teppich entlang und posierten für die Fotografen.

»In der Szene wird gemunkelt, die zweiundzwanzigjährige Schauspielerin sei schwanger.«

»Oh mein Gott!«, schrie ich.

Eberhard hob den Kopf und sagte: »Ich wusste doch, dass ich der Beste bin!«

Ich weiß nicht mehr, wie es passiert ist, irgendwie habe ich ihn, glaube ich, getreten, denn plötzlich lag Eberhard am Boden, hielt sich die Nase, und ich schrie und schrie und schrie.

20

Ich stand vor Eberhards Haus, zog mit einer Hand meine Bluse zusammen, wischte mir mit der anderen die schweißnassen Haare aus dem Gesicht und hoffte darauf, endlich aufzuwachen. Das konnte nur ein böser Traum sein! So was passiert nicht! Nicht mir! Irgendwelchen hysterischen, durchgeknallten Ziegen, die es nicht anders verdient hatten vielleicht, aber nicht mir!

Ich hatte so hart für Finns und meine Beziehung gearbeitet, hatte für ihn alles getan, den Haushalt, das Kochen, hatte ihn zum Essen eingeladen, wenn er mal wieder pleite war. Ich hatte für uns gesorgt, und das einzige Mal, als ich was von ihm wollte (was – ganz nebenbei bemerkt – auch für ihn das Beste gewesen wäre), haute er mich so in die Pfanne. Verarschte mich nach Strich und Faden!

Was sollte ich denn jetzt nur machen? Ich war plötzlich Hauptdarstellerin in einer SAT 1 Telenovela: »Anna – Endstation Babywunsch« und befand mich mitten in der zweiten Folge: »Anna – Die Hölle nach dem Babywunsch.« Den dritten Teil würde es nicht mehr geben: »Anna – Das Leben nach dem Babywunsch.« Es gab kein Happy End für mich, so wie es aussah. Und wenn ich eines hasse, dann ist es, wenn es kein Happy End gibt! Aber wenn es das für mich nicht gab, grollte ich, so sollte es für die anderen auch keins geben. Mit »die anderen« meinte ich natürlich Finn und seine Schlampe.

Ich war nie sonderlich neidisch gewesen auf Leute, höchstens auf andere Frauen, und eifersüchtig nur im normalen Rahmen. Das heißt, nur auf Finns Friseuse und die Tussis in seinem Fitnessstudio. Aber jetzt brannte die Eifersucht in mir wie das ewige Fegefeuer, eine lodernde, alles verschlingende Flamme, mit einer Kerntemperatur von etwa tausend Grad in meinem Magen.

Ich wünschte mir ein Maschinengewehr. Ich wollte lässig wie Lara Croft an einem Hubschrauber hängend über Finn und seiner Schlampe schweben und alles kurz und klein ballern. In den Hotpants sähe ich mindestens so atemberaubend aus wie Angelina Jolie. Gut und böse wären in meinem Leben genau verteilt, hier weiß und da schwarz, Protagonist und Antagonist, Push-up und Mieder. Alle diese Zwischentöne mit dem guten Kern des Bösewichts und den charakterlichen Schwächen der Hauptfigur sollten sich die anderen für ihre französischen Filmdramen aufheben. Auf Komplikationen konnte ich getrost verzichten, es war schon so verzwickt genug.

Das Blöde ist nur, dachte ich, dass ich nicht Lara Croft bin, die niemanden braucht, um die Welt vor dem Untergang zu retten. Ich wusste noch nicht mal, wie man Feuerzeuge mit Gas nachfüllt, wie sollte ich da ein Maschinengewehr bedienen, ohne jemanden ernsthaft zu verletzen? Ich musste es einsehen: Ich war keine Einzelkämpferin. Ich brauchte jemanden an meiner Seite, eine Freundin. Da war doch mal jemand gewesen? So wie das immer war. Eine Frau ohne beste Freundin ist wie Mad Max ohne Mel Gibson – unvorstellbar. Können Sie sich eine Geschichte vorstellen, ich meine, eine gute Geschichte, eine, die man immer wieder sehen will, ohne beste Freundinnen?

Ruth und die Bienenbetörerin Idgie in »Grüne Tomaten«, Annie-Meg Ryan und ihre Freundin Becky in

»Schlaflos in Seattle«, Sally-Meg Ryan und Marie in »Harry und Sally«, Frenzy und Maischa in »Abgeschminkt«, Thelma und Louise …

Oh Gott. Wie hatte ich das nur vergessen können? Eine neue Adrenalinwelle tobte durch meinen Körper und ließ den Schweiß strömen. Ich hatte meine beste Freundin verraten, hatte sie sitzen gelassen. Kein Wunder, dass ich bestraft wurde. Wenn ich Gott wäre, würde ich mich auch bestrafen. Aber vielleicht mit drei Kilo Gewichtszunahme oder einem Bad-Hair-Monat. Aber doch nicht damit! Nicht damit, dass mein Ex, der mich hat sitzen lassen, weil ich ein Kind wollte, losgeht und eine andere schwängert! Das war die Höchststrafe, der Alptraum der modernen Frau. Aber die Rache würde folgen. Ich überlegte fieberhaft, was jetzt zu tun war.

Erst einmal musste ich zu Kreuze kriechen. Musste meine beste Freundin um Verzeihung bitten. Eddy. Meine liebe gute Eddy. Mein Fels in der Brandung. Hoffentlich war sie nicht im Gefängnis! Ich hatte seit dem Vorfall in der Samenbank nichts von ihr gehört. Sie war sicher stinkwütend auf mich, und das zu Recht. Und warum das Ganze? Nur wegen Finn. Finn hatte mich dazu gebracht, Samen zu klauen und meine beste Freundin zu verraten, hatte mich völlig allein gelassen mit meinen aufmüpferischen Hormonen – und was tut er? Schwängert eine andere!

Ich wiederhole mich? Na gut. Also hier mein Plan: Erst mal gehe ich zu Eddy, und dann bringe ich Finn um. Oder schneide ihm den Schwanz ab. Oder sage ihm, was für ein Arschloch er ist. Mord sollte legal sein in solchen Fällen. Er hatte mir den Krieg erklärt, und da fiel so eine Tat doch bestimmt unter die Notstandsgesetze! Wenn ich Bundeskanzlerin wäre, wäre das jedenfalls so.

Ich nahm ein Taxi. Der Fahrer musterte mich durch den Rückspiegel, klar, ich war zerzaust, meine Bluse war offen. Ich sah wahrscheinlich aus wie ein Vergewaltigungsopfer. Er bot mir eine Zigarette an, und obwohl ich nicht rauchte, griff ich zu. Ich war kompromisslos, zu allem entschlossen. Ich sah mich lässig im Fond sitzen und rauchen wie eine mit allen Wassern gewaschene Auftragskillerin, bevor sie den korrupten Präsidenten der Vereinigten Staaten aufs Korn nimmt. Doch als er mir die Zigarette angezündet hatte, paffte ich unbeholfen vor mich hin. Mir wurde schwindelig, und ich musste husten.

»Alles klar?«, fragte der Taxifahrer besorgt.

»Sicher«, keuchte ich, »ich muss nur meine beste Freundin um Verzeihung bitten, weil ich sie hab sitzen lassen, und dann meinen Exfreund umbringen, der *mich* hat sitzen lassen, und dann muss ich mich irgendwie schwängern lassen, ansonsten dreh ich noch durch!«

Ich war etwas lauter geworden. Der Taxifahrer sah mich merkwürdig an, und ich kam mir auch merkwürdig vor, deshalb wollte ich ihm mit einem harmlosen Lachen zeigen, dass ich es nicht ernst gemeint hatte und eine ganz normale Frau war.

»Hahahahaha«, hörte ich mich gackern, und am Gesichtsausdruck des Fahrers erkannte ich, dass mein Vorhaben, zurechnungsfähig zu wirken, gescheitert war.

Eddy öffnete die Tür. »Wie siehst du denn aus?«, entfuhr ihr entsetzt.

»Ach, das«, sagte ich, »das war nur Eberhard. In einem Anfall von Ekstase. Er … ich … wir, du … also …«

Ich schluchzte zum Steinerweichen. Sie holte aus und klebte mir eine. Die Ohrfeige war nicht besonders hart, aber präzise.

»Aua.« Ich sah sie verdutzt an und hielt meine Wange. Dann platzte alles aus mir raus.

»Es tut mir so leid, Eddy, ich weiß, das war das Allerallermieseste, dass ich dich hab stehen lassen, entschuldige bitte! Wie kann ich das je wieder gutmachen? Kannst du mir verzeihen, bitte?«

Sie schaute mich regungslos an.

»Bittebittebitte«, flehte ich, »ich schenk dir auch mein Silvesterkostüm!«

Ich hatte zu Silvester einmal ein silbernes Schlauchkleid aus Satin mit goldenen Lurexstreifen und einen Pelzbolero getragen, und Eddy lag mir seit Jahren damit in den Ohren, wie schön die Kombination war.

Sie grinste. »Gebongt. Also los, komm rein.«

Ich umarmte sie. »Danke, Eddy. Das vergesse ich dir nie!«

»Schon gut. Ich würde sagen, wir sind damit quitt und Schwamm drüber.« Ich sah sie fragend an. »Du weißt doch, ich hab mich ja auch mal danebenbenommen«, meinte sie.

»Ach ja, richtig.«

Sie hatte wirklich mal eine verdammt schlechte Phase gehabt, damals, mit zwanzig. Sie war eine Zeit lang auf Drogen gewesen, Koks und Speed und Ecstasy und all das Zeug. Dieser erfolgreiche Nachwuchsregisseur hatte sie sitzen lassen, war mit einer anderen abgehauen, kurz nachdem Eddy festgestellt hatte, dass sie schwanger war. Ich hatte sie dann in die Klinik begleitet, wo sie eine Abtreibung machen ließ. Danach war sie bestimmt drei Monate abgetaucht, »in die Szene«. Was auch immer das sein sollte, es war nichts Gutes. Ein paar Mal sah ich sie in der Stadt mit heruntergekommenen Gestalten, aber sie wich mir aus. Ich fuhr immer wieder zu ihr, aber entweder wollte sie mich nicht sehen oder – wenn sie mich denn reinließ – benahm sie sich daneben. Schließlich hatte sie einen echten Zusammenbruch, schrie und heulte, und in meiner Verzweiflung gab ich ihr eine Ohrfeige. Das brachte sie zum Schweigen. Ich packte sie ins Auto und fuhr mit ihr zu einer Psychologin. Eddy machte eine Therapie, besuchte eine Zeit lang eine Selbsthilfegruppe, und nach einem halben Jahr war sie wieder ganz die Alte. Ich hatte ewig nicht mehr an den Vorfall gedacht. Meine Eddy. Eddy und Anna. Was hatten wir nicht schon alles durchgemacht! Schade, dass sie kein Mann ist, dachte ich, aber dann fiel mir ein, dass sie Kinder kategorisch ablehnte. Also würde es mit uns auch nichts werden.

Aber was soll's! Ich hatte die beste Freundin der Welt. Sie reichte mir ein kaltes Bier. »Dieses Schwein. Hast du schon gehört?«, fragte ich sie nach dem ersten Schluck.

Eddy nickte und hielt den Kölner Express hoch. »Nachwuchsstar Doreen Dahlen schwanger?«, lautete die Schlagzeile, und Eddy las vor: »Die 22jährige Schauspielerin aus ›Großstadt-Koyoten‹ verbarg bei der Premieren-Feier ein verdächtiges Bäuchlein unter ihrem weiten Kimono. Doreen sagte aber: Ich bin nicht schwanger. Das ist nur die neueste Mode.«

»Meinst du, das stimmt?«, fragte ich.

»Auf keinen Fall«, antwortete Eddy, »Nippon-Style ist schon seit mindestens einem halben Jahr so was von out!«

»Ich mein doch die Schwangerschaft!«

»Ich weiß nicht, warte, es geht noch weiter. Doreen Dahlen ist der neue Star am Schauspielerhimmel ... blabla ... Schon als Teenager in verschiedenen Vorabendserien ... blablablabla ... Ah, hier! Lange war sie solo, aber seit einiger Zeit hat sie einen Begleiter, wie sie ihn selber nennt, den vierunddreißigjährigen Finn Hofstätter.

Wir sind nur Freunde, sagt sie. Aber das sagen ja alle. Bei der Großen Gala der Deutschen Film- und Fernseh-Gesellschaft am Wochenende werden wir sicher mehr erfahren.«

Eddy ließ die Zeitung sinken.

»Verdammte Scheiße. So eine verdammte Scheiße! Wie kann er mir das nur antun?« Ich knetete meine Hände und rannte im Zimmer herum. »Wir müssen da hin, wir müssen zu dieser Gala!«

»Aber du gehst doch da sowieso hin«, erwiderte Eddy erstaunt, »da wird doch der Nachrichtenpreis verliehen!«

Ich starrte sie an. Na klar! Der Preis! Den hatte ich ganz vergessen.

21

Ich versuchte, Finn anzurufen, aber er ging nicht an sein Handy. Auf die Mailbox wollte ich ihm nicht quatschen. Ich wusste sowieso nicht, was ich hätte sagen sollen. Eigentlich war es auch besser, ihn im Unklaren zu lassen und auf den morgigen Samstag zu warten. Dann würde ich eine große Show abziehen. Ich hatte zwar keine Ahnung, was ich da machen würde, aber auf jeden Fall würde ich mich rächen. Vielleicht würde ich Finn mit dem gläsernen Pokal erschlagen und die Trophäe mit den Blutspuren in mein Regal stellen, damit er mich auf ewig an den Triumph über meine Kollegen der Nachrichtenriege und an die gerechte Strafe von Finn erinnern würde.

Bei den Nachrichten verhaspelte ich mich ständig. Als Fiona fragte, was los sei, erzählte ich ihr von Finns Verrat. Sie war geschockt und teilte meine Meinung: Das war ein Vorfall, der einen Krieg zwischen den Geschlechtern auslösen konnte! Und dann würden eines Tages der Prager Fenstersturz, das Attentat von Sarajewo und die Begattung von Doreen in einem Atemzug genannt. Frauen zu den Waffen! Wehrt euch! Diese Schmach muss gesühnt werden!

»Hast du schon gehört? Von jeder Redaktion dürfen nur drei Leute zur Preisverleihung!«, sagte Fiona.

»Na und?«, fragte ich, »wir sind ja auch nur drei Nachrichtenleute.«

»Und was ist mit dem Chef? Der will doch garantiert auch mit. Schließlich sind da Fernsehkameras und ein Büfett!«

Ich starrte Fiona an. »Dann muss Stefan wohl hierbleiben. Denn wenn der Chef schlau ist«, überlegte ich, »geht er mit zwei attraktiven Damen, eingerahmt von Schönheit, Stil und Eleganz. Der Hahn im Präsentkorb.«

»Da hast du auch wieder recht.«

Beruhigt wandte ich mich den Nachrichten zu. Schon wieder so eine blöde Umfrage. Die Kölner wollten den Christopher Street Day abschaffen, hieß es darin. Welche Schwachköpfe hatten die denn gefragt? Ich konnte mir wirklich nicht vorstellen, dass das eine repräsentative Meinung war. Ich würde die Stadt anrufen, um mal nachzufragen, ob es in diese Richtung irgendwelche Pläne gab.

Mein Handy klingelte. Ich ging ran. »Ja?«

»Hi, Anna, hier ist Beatrix«, fing sie an. Sie keuchte gerade eine Treppe hoch. Das hasste ich. Warum können Leute nicht erst telefonieren und sich dann sportlich betätigen? Diese ganze Atmerei wollte ich nicht hören. Außerdem: Was wollte sie eigentlich? Sich an meinem Unglück ergötzen? Sollte mir doch gestohlen bleiben, diese neugierige Ziege. Wenn sie wenigstens einen Fahndungsaufruf in ihrer blödsinnigen Zeitschrift abdrucken würde, das ein Kopfgeld auf Finn aussetzte und ihn für vogelfrei erklärte, dann könnten wir ja über alles reden.

»Ich wollte noch mal fragen wegen der Sache mit deinem Chef. Warst du schon bei der Polizei?«

»Nein«, unterbrach ich sie und legte auf. Die sollte mich in Ruhe lassen. Damit konnte ich mich jetzt nicht befassen. Ich hatte wichtigere Dinge zu erledigen, musste einen Racheplan ausarbeiten. Aber erst mal die Nachrichten, die letzten des Tages.

Als ich aus dem Studio kam, sah ich sie. Sie warf mir einen triumphierenden Blick zu und stiefelte schnurstracks zu meinem Chef ins Büro, Vergeltung im Blick. Beatrix schloss die Tür und setzte sich. Ich konnte durch die Glasscheibe Gus-Gus' Erstaunen sehen. Sie packte einen Haufen Unterlagen aus, der von hier aus wie eine juristische Textsammlung aussah.

Scheiße. Was sollte ich jetzt machen? Hineingehen und alles aufklären? Natürlich. Das ist deine letzte Chance. Geh rein und sag es ihnen. Alles andere macht es nur noch schlimmer. Unerträglich schlimm.

Ich packte meine Sachen. Gus-Gus sah mich mit weit aufgerissenen Augen und geöffnetem Mund durch die Scheibe an. Ich zögerte keine Sekunde, strebte zur Tür, und sobald ich den Eingang sah, rannte ich hinaus.

Es dauerte nicht lange, da klingelte das Handy. Ich ging nicht ran. Es summte. Eine neue Nachricht auf der Mailbox. Ich hörte sie nicht ab, sondern fuhr nach Hause. Dabei hätte ich beinahe ein altes Mütterchen auf dem Zebrastreifen umgebrettert.

Zunächst legte ich Heavy Metal auf. Es war eine von Finns Platten, »Rage against the machine«. Die Rache war mein! Towanda! Erst mal musste ich heulen. Vor Wut. Konnte nicht anders, dabei wollte ich der eiskalte Racheengel sein, der mit kühlem Kopf die Vendetta plant. Ich schleuderte das vollgeschnäuzte Taschentuch in den Papierkorb. Noch nicht mal das gelang mir, dabei stand ich nur einen halben Meter entfernt. Das blöde Ding trudelte weiter und blieb hinter dem Regal liegen. Scheiße. Ich beugte mich vor, machte einen langen Arm und bekam es mit den Fingerspitzen zu fassen. Ich wollte es gerade in den Müll schmeißen, da bemerkte ich, dass ich anstatt des Taschentuchs das zerschnittene Kondom in der Hand hielt. Verdammt! Finn hatte noch nie ordentlich aufgeräumt. Ich schrie wie ein Karatekämpfer, dehnte es und flitschte es in den Mülleimer. Aber irgendwie wurde es in die andere Richtung katapultiert und landete in meinem Gesicht. Das angetrocknete Gummi klebte auf meiner feuchten Wange. Bah. Igitt. Ich riss es ab und schmiss es endgültig weg.

Ich konnte nicht nachdenken. Aggression blockiert das Urteilsvermögen. Zur Entspannung klebte ich ein Foto von Finn auf die Dartscheibe, die immer noch neben seinem Schreibtisch an der Wand hing. Ich nahm einen Pfeil und ballerte ihn mitten auf die Scheibe. Das tat gut. Bald schmerzte mir der Arm vor lauter Werfen. Aber ich fühlte mich besser. Die Wut schleuderte ich von mir, mein Kopf leerte sich. Auch wenn ich kein einziges Mal getroffen hatte, immerhin hatte ich die Wand im Umkreis von anderthalb Metern perforiert.

Es klingelte. Das war Eddy.

In ihrem Beisein traute ich mich, die Mailbox abzuhören. Es war – wie nicht anders erwartet – Gus-Gus. Er teilte mir mit, dass er Ungeheuerliches von mir hören würde und dass es in Anbetracht der Umstände wohl nur allzu verständlich sei, wenn ich nicht mitkäme, ich sei keine gute Repräsentantin des Senders und der ganzen Branche, und wie es weitergehen und welche Schritte er einleiten werde, dass müsse er noch überlegen. Da er für morgen keinen Ersatz kriegen würde, müsse ich die Spätschicht von Stefan Sollderbach übernehmen.

»Geh einfach nicht hin«, sagte Eddy, »was willste denn noch da? Du wirst sowieso gefeuert am Montag.«

»Aber vielleicht auch nicht«, jammerte ich. »Wenn sich rumspricht, dass ich meinen Chef verleumdet hab, kriege ich sowieso nie mehr Arbeit in der Branche. Ich muss alles tun, um den Job zu behalten!«

»Wenn du meinst, dann bitte.«

Wir schmiedeten den Plan. Er war simpel. Aber zu viele Details würden die Sache nur kompliziert machen. Ich würde die Spätschicht machen. Und dann Rache nehmen. Towanda!

22

Eddy holte mich im Sender ab. Die Show sollte um neunzehn Uhr losgehen, mit dem Eintreffen der Stars und dem Defilee auf dem roten Teppich. Ich sollte zur gleichen Zeit noch die Nachrichten lesen. Dann aber würde unser Plan nicht funktionieren. Doch ich hatte eine total clevere Idee gehabt: Ich würde die Sendung einfach vorher aufzeichnen, und um Punkt neunzehn Uhr würde der Computer sie abspielen! Alle würden denken, ich sei im Studio! Wenn das nicht die Voraussetzungen für den perfekten Mord waren! Ich sollte Schwerverbrecher von Beruf werden. Ha! Eddy saß mit mir im Studio, während ich schnell die Nachrichten aufnahm, wir quatschten noch ein bisschen über dies und das, und kurz nach achtzehn Uhr verließen wir das Gebäude.

Aus meinem Auto beobachteten wir den Hintereingang des Coloneums. Ein gigantischer Securitymann in schwarzem Anorak mit Knopf im Ohr kontrollierte die Ankömmlinge. Wichtige Leute mit Passierscheinen um den Hals, Servicepersonal in schwarzen Hosen und weißen Blusen, ein Mann, der einen riesigen Kleiderständer schob – sie alle konnten ungehindert hineingelangen.

Wir warteten noch ein bisschen. Unser Plan lautete: den richtigen Moment abpassen, reinkommen und gucken, was passiert, Finn und seiner Schlampe eins auswischen, uns geschmeidig aus der Affäre ziehen und dabei natürlich fantastisch aussehen. Vielleicht würde ich noch einen attraktiven, prominenten Vater für meine Kinder aufgabeln, der von meinem Temperament und meiner kultivierten Racheaktion derartig verzaubert war, dass er das Top-Model, mit dem er gerade zusammen war, noch am selben Abend verließ, um mit mir in seinem Privatjet nach Acapulco zu fliegen.

»Wo liegt Acapulco eigentlich?«, fragte Eddy.

»Hm. Brasilien? Oder doch auf Gran Canaria?«

»Hauptsache, der Pilot weiß es.«

»Genau.«

Ich schwankte immer noch zwischen Gewaltanwendung und einer herzzerreißenden Szene, die alle Augen und alle Kameras auf mich ziehen würde und Finn dazu brächte, auf allen vieren zu mir zu kriechen, während sein kleines Flittchen zugeben müsste, dass das Kind von einem anderen sei. So oder anders – eines war klar: Wir würden ihnen gehörig die Suppe versalzen. Finn und seine Schlampe würden der Lächerlichkeit preisgegeben, dass sie sich wünschen würden, nie geboren worden zu sein.

Mir fiel was ein. »Wie bist du eigentlich aus der Samenbanknummer rausgekommen?«

»Ach das«, meinte Eddy lässig, »kein Problem.«

»Echt?«

»Ich hab der Empfangsdame erklärt, ich müsste eine Wette einlösen, weil ich bald heiraten würde. Das wäre beim Junggesellinnenabend gewesen, habe ich gesagt. Ich hätte als sexy Krankenschwester verkleidet in eine Samenbank gehen müssen. Wettschulden sind Ehrenschulden. Sie hat gelacht, und als ich ihr eine Pediküre versprochen hatte, war damit das Thema erledigt. Die ist echt nett, die Christel.«

»Cool, Mann, Eddy, du bist so cool!« Die Nervosität übermannte mich. Was soll ich nur tun, wenn ich den beiden Auge in Auge gegenüberstehe? Lara Croft, bitte hilf mir!

»Warte doch erst mal ab. Vielleicht wird alles gut«, sagte Eddy. »So, ich glaube, wir können.«

Ich atmete tief ein und setzte meine Sonnenbrille auf. Wir stiegen aus. Ich strich mir über meine blonde Pagenkopf-Perücke, Eddy trug das Latinahaar. Dann holten wir die Taschen aus dem Kofferraum. Unsere Abendkleider und die drei Makeup-Koffer von Eddy. »Die Waffen der Frauen« nannte Eddy ihre Beautycase-Armada.

Wir näherten uns dem Securitymann. Eddy holte aus ihrer Handtasche mühsam einen Ausweis und verkündete lautstark: »Falkner und Rasche, wir gehören zu Veronica Ferres.«

Wir wollten einfach am Türsteher vorbeigehen, als ob es das Selbstverständlichste der Welt sei, aber er sagte: »Augenblick, bitte« und schaute auf seinen Zettel. »Sie stehen nicht auf der Liste.«

Eddy zog ihr Handy raus und redete zu mir, sodass der Securitymann es hören konnte: »Das ist mal wieder typisch. Das vergisst sie jedes Mal. In Cannes war das auch schon so, bei der Berlinale, und weißt du noch, wie wir in Venedig vor der Tür standen und sie persönlich vorbeikommen musste? Mann, in diesen Dingen ist sie echt schusselig.« Mit dem Telefon am Ohr redete sie weiter. »Dabei fällt mir ein, hast du die Ohrringe dabei? Du weißt schon, die von Bulgari?«

Ich nickte. »Und die von Van Cleef und Arpels auch.«

»Gut, denn ansonsten würde sie uns köpfen.« Sie wandte sich an den Securitymann. »Sie wissen ja wie das ist, diese Promis ...«

Der Securitymann verzog keine Miene.

Sie klappte das Handy zu. »Ich kann sie nicht erreichen. Können Sie uns nicht reinlassen? Wir werden sonst mit unseren Vorbereitungen nicht mehr fertig.«

Sie hielt die Taschen und das Beautycase hoch.

»Wenn Sie nicht auf der Liste stehen, kann ich Sie nicht reinlassen«, sagte er und starrte geradeaus auf einen imaginären Punkt. Das brachten sie den Leuten sicher in der Security-Schule bei, die direkt neben der Türsteher-Akademie lag: Wie kann ich die Gäste spüren lassen, dass sie – um mal mit Helge Schneider zu reden – nicht mehr wert sind als das Geschnetz?

Einen Moment standen wir unschlüssig herum. Eine total aufgestylte zierliche Frau näherte sich, platinblonder geflochtener Pferdeschwanz, der unter einer weißen Ballonmütze aus Leder hervorguckte, schwarzer Lidstrich, knallroter Mund, knallrote Lederjacke im Militärlook, Siebenachtelhose aus weißem Satin und High Heels bis zum Südpol. Ich wollte gerade eine gemeine Bemerkung über fashion victims machen, da rief Eddy affektiert: »Oh, hiiii, Jay Kay!«

»Oh, hiiii, Ed.« Sie gab Eddy ein Luftküsschen auf die Wange und sagte zu dem Securitymann: »Jay Kay – für Schweiger«, und zu Eddy: »Von wem bist du gebucht?

»Ferres. Aber sie hat mal wieder vergessen, uns auf die Liste zu setzen, und jetzt kann ich ihre Assistentin nicht erreichen. Das Übliche halt«, antwortete sie.

Jay Kay zog die hauchdünnen Augenbrauen hoch. »Oh, Respekt. Ferres. Die Frisur bei den Oscars – Zucker! Was hat sie für ein Kleid?«

»Escada, Rena Lange und Armani. Mal sehen, was sie nimmt. Sie entscheidet gerne spontan.«

»Okay, Sweetie, ich muss los. Bis später. Ich schau mal, ob ich was für euch tun kann. Ferres! Respekt.«

Sie ging an dem Securitymann vorbei. Kaum war sie durch die Tür, hörten wir, wie sie jemand anders geräuschvoll begrüßte. Dann wurden die Stimmen leiser. Eddy versuchte noch mal mit dem Handy »die Assistentin zu erreichen«. Der Securitymann – nach wie vor unbeeindruckt – wies uns an, in weiterem Abstand zu warten.

»Das bringt doch nichts«, flüsterte ich Eddy zu. »Wir müssen was anderes versuchen.«

»Aber was?«

»Vielleicht doch über die Pressestelle.«

»Du bist doch nicht angemeldet. Dann können wir uns gleich als Hors d'œuvres verkleiden und reinschmuggeln.«

Schade, dass ich diesen Handgriff nicht draufhatte, mit dem man jemanden am Hals packte und er augenblicklich ohnmächtig darniedersank. Das sollte ich lernen. Besser als so ein Spanischkurs oder Rhetorik für Anfänger. Ich würde lässig zu dem Securitymann gehen und ihn in die Knie zwingen, er wäre gerade lang genug bewusstlos, dass wir hinein könnten. Und hinterher würde er sich an nichts erinnern. Und denken, er wäre kurz eingeschlafen.

Wenn ich groß bin, werde ich vielleicht doch Superheldin. Ich hätte einen Anzug aus pinkfarbenem Lack und würde überall da sein, wo Männer ihre Frauen wegen Kinderwunsch verlassen und dann eine andere schwängern. Mal sehen, was hätte ich für Superkräfte? Ich könnte mich unsichtbar machen und auf High Heels superschnell laufen, ohne umzuknicken. Aber so weit war es noch nicht, deshalb mussten wir uns was anderes einfallen lassen.

»Vielleicht können wir ihm eine Rätselfrage stellen?«,

schlug ich vor. »Das machen die Helden in so Filmen doch auch immer.«

»In was für Filmen meinst du?«

»Na, in so Filmen halt. Was weiß ich. Fantasy und so.«

»Seit wann guckst du so was?«

»Guck ich ja nicht.«

»Woher weißt du das dann?«

»Das weiß doch jedes Kind. Wenn die Helden irgendwo nicht reinkommen, zum Beispiel in die Höhle des Drachen, wo der Schatz versteckt ist, dann stellen sie dem Wächter mit den drei Schlangenköpfen eine Frage, und wenn er sie nicht beantworten kann, dann dürfen sie rein. Andernfalls wird ihnen der Kopf abgebissen.«

Eddy warf mir einen sonderbaren Blick zu. »Ich hab ein Rätsel für dich: Was ist noch sinnloser als Anti-Cellulite-Creme, aber viel, viel billiger?«

Ich zuckte mit den Schultern.

»Dein Vorschlag.«

»Ha ha.«

Der Securitymann hielt auf einmal die Hand an seinen Knopf im Ohr. »Okay, Sie können passieren«, rief er und winkte uns durch.

Eddy knuffte mich in die Seite, und schwupps waren wir drin! Ein langer Gang mit vielen Türen, auf denen Zettel mit Namen hingen, tat sich vor uns auf. Wir eilten hindurch. Die Tür mit dem Schild »Til Schweiger« öffnete sich, und Jay Kay kam raus. »Hi, sieht ganz so aus, als ob die gute Jay Kay euch aus der Patsche helfen konnte!«

»Vielen Dank, honey!«, sülzte Eddy. Wir wollten gerade weitergehen, da sagte Jay Kay: »Aber ihr seid an der Garderobe von Ferres schon vorbei. Die ist doch da vorne!«

Sie zeigte den Gang runter, den wir gerade gekommen waren.

»Oh Mann, wie blind! Hey, du hast echt einen gut bei mir, Jay Kay.«

Sie sah sich schnell um und fragte: »Wie wär's mit ein bisschen von diesem famosen Gras, das du letztes Jahr bei der Popkomm dabeihattest?«

Eddy grinste: »Wir haben Glück, du hast Glück.«

Sie zog ein kleines Tütchen aus der Tasche und drückte es Jay Kay in die Hand.

»That will make my day, honey!«, rief sie. Da sie stehen blieb und uns beobachtete, gingen wir Richtung Ferres-Garderobe. Als wir die Tür erreicht hatten, schaute Jay Kay uns immer noch nach.

Eddy drückte entschlossen die Klinke runter, und wir betraten die Garderobe von Veronica Ferres.

Es war niemand drin. Aber es war schon alles präpariert, der Schminktisch aufgebaut, wundervolle Kleider hingen an einer Stange. Wir stellten unsere Taschen auf den Boden.

»Wow!«, entfuhr es mir, als ich die Roben in Türkis, Rot und Zitronengelb näher betrachtete.

»Gut«, sagte Eddy, »dann ziehen wir uns hier schnell um. Beeil dich, sie müsste gleich kommen.«

Sie holte ihr Ballkleid aus der Tasche, es war mein Silvesterkostüm. Ich hatte mir auch ein schönes Kleid mitgebracht, das ich mir für die Hochzeit meiner Schwester gekauft hatte. Und für diesen Anlass hatte ich tief in die Tasche gegriffen, schließlich wollte ich meiner Schwester in nichts nachstehen, auch wenn die Braut natürlich konkurrenzlos sein sollte ... Es war hellgrau, mit kleinen Blumen aus winzigen silbernen Perlen, es hatte Spaghettiträger und einen wunderschönen Ausschnitt, den ich mit einem Monster-Push-up richtig in Szene setzen konnte. Aber das war natürlich nichts im Vergleich zu den Kleidern von Veronica Ferres.

»Mach schnell, wir haben nicht viel Zeit«, sagte Eddy und quetschte sich in das Kleid. »Meine Güte, wie hast du Luft geholt an Silvester?«, ächzte sie, während sie versuchte, den Reißverschluss zu schließen.

»Wenig, soweit ich mich erinnere.« Das stimmte auch, ich hatte mich die ganze Nacht nicht hingesetzt, weil sonst die Nähte geplatzt wären. Und Eddy war ein bisschen molliger als ich. Ich half ihr, das Kleid zuzumachen.

»Ein Korsett, ein Himmelreich für ein Korsett«, stöhnte ich.

Der Begriff Hechelatmung stammt übrigens nicht – wie fälschlicherweise angenommen – aus der Gynäkologie, sondern ist dem Umstand geschuldet, dass Frauen gern zu enge Klamotten kaufen, als Motivation, endlich die zwei bis fünf Kilo abzunehmen, die sie schon immer loswerden wollten. Was nie nie nie funktioniert. Man quetscht sich ein einziges Mal in die teure Neuerwebung, verzichtet an dem Abend auf feste Nahrung, nippt an einem Prosecco, atmet flach, lacht wenig und hofft, dass nicht irgendjemand ein Glas auf den Steinboden pfeffert und man so erschreckt, dass eine unbedachte Bewegung zur übermäßigen Strapazierung des Materials führt. Zu Hause atmet man auf, macht sich Nudeln mit Pesto und verstaut Hose, Rock oder Bluse in einem Winkel des Schrankes, bis man sie nach Ablauf von zwei Jahren pietätvoll entsorgen kann.

»Danke«, keuchte Eddy, als ich es endlich zuhatte.

»Stell dich nicht an, ist auch nicht enger als die Sachen, die du sonst manchmal trägst.«

»Was willst du denn damit sagen?«

»Dass du schon manchmal eine Nummer größer einkaufen könntest.«

Sie sah mich irritiert an. »Findest du, ich bin nicht gut angezogen?«

»Doch«, beeilte ich mich zu sagen, »das ist halt dein Style, so die unbekümmerte Jugendnummer, das passt zu dir.«

»Hmmm«, machte sie und wandte sich dem Make-up-Sammelsurium auf dem Tisch zu, während ich mich umzog. Ich bückte mich gerade, um den Unterrock meines Kleides zu ordnen, da rief sie: »Ey, das ist ja der Red Tango Nagellack von Estée Lauder! Der sieht total geil aus zu deinem Kleid!«

Sie drehte sich um. Ich richtete mich auf und hörte ein verräterisches Geräusch. Erschrocken überprüfte ich mein Kleid. Eddy beugte sich ebenfalls vor. Erst war ich erleichtert, dass ich keinen Riss an meinem Kleid entdeckte, doch dann sah ich den großen roten Fleck, der sich in Schritthöhe ausbreitete.

»Eddy!«, schrie ich.

»Oh«, machte sie und hielt das offene Nagellackfläschchen wieder gerade. Ich sah entsetzt auf das Malheur. Es sah aus, als hätte ich gerade einen Blutsturz gehabt. Und so fühlte ich mich auch. Ich schloss die Augen, atmete tief ein und aus. Eddy fing an, Nagellackentferner zu suchen. Aber das hatte keinen Zweck.

»Dann nehme ich halt eins von denen hier«, sagte ich und zeigte auf die Kleider von Ferres.

Eddy erstarrte. »Das kannst du doch nicht machen!«

»Stimmt, das kann ich nicht machen«, sagte ich. »Ich muss!«

Was soll ich sagen? Es war das schönste Kleid, das ich

jemals gesehen hatte. Und es stand mir einfach hervorragend. Das Gelb, der fließende Stoff, der an der Büste so drapiert war, dass es aussah, als hätte ich wirklich einen tollen Busen. Einen tollen, großen Busen, selbst ohne Push-up. Das Kleid hatte nur einen schmalen Träger, an den eine Stoffbahn geheftet war, die über die rechte Schulter geworfen wurde und seidig am Rücken hinunterfloss.

»Die Ferres hat mal wieder Diät gemacht«, murmelte Eddy, als sie den Sitz begutachtete. Es passte wie angegossen, war nur ein bisschen zu lang. Aber so wirkte es, als hätte es eine kleine Schleppe. Die Pumps, die ich mitgebracht hatte, passten sogar dazu, sie hatten dünne goldene Riemchen.

Ich zog die Perücke ab, und Eddy steckte mir mit ein paar schnellen Handgriffen die Haare auf, und ich fühlte mich wie Carrie Bradshaw und Cinderella in einem. Es war wie eine Offenbarung. Alles würde gut werden. Wenn ich so aussehen konnte, konnte ich jeden Mann haben und noch heute Abend ein Baby von ihm bekommen. Und es war bequem genug für ein Handgemenge mit einer Schlampe.

Eddy ging als Erste aus der Garderobe. Sie hatte den Riss an der Seite ihres Kleids mit einer Sicherheitsnadel geflickt und ihn mit dem Pelzbolerojäckchen getarnt. Sie winkte mich raus. Mein Herz klopfte bis zum Hals. Kaum waren wir drei Schritte gegangen, da kam Veronica Ferres mit ihrer Assistentin um die Ecke. Unwillkürlich verlangsamte ich meinen Schritt. Was sollten wir jetzt machen? Weglaufen? Eddy schubste mich sanft nach vorne. Wir hatten nur eine Chance: Augen zu und durch. Veronica Ferres musterte mich von oben bis unten. Natürlich wird sie mir gleich das Kleid vom Leib reißen wie die bösen Stiefschwestern der armen Cinderella, dachte ich. Der Flur war endlos lang, dehnte sich wie Kaugummi. Ich unterdrückte den Impuls wegzurennen. Dann war die Ferres auf unserer Höhe, sie verzog den Mund, und ich dachte, jetzt springt sie mir an den Kragen. Doch sie sagte: »Schönes Kleid.«

»Danke«, antwortete ich. Ungläubig beschleunigten wir unseren Schritt. Wir hörten die Ferres ihrer Assistentin zuzischen: »Das nächste Mal suchst du mir aber Kleider aus, die nicht jeder Hinz und Kunz trägt, haben wir uns verstanden?«

Wir gingen in das Foyer. Die letzten Vorbereitungen wurden getroffen. Ein kleiner Mann mit lockigem, graumeliertem Haar, das sich in der Stirn kräuselte und hinten zu einem Zopf zusammengebunden war, gab hektische Anweisungen an das Servicepersonal, das vollbeladene Tabletts zum Büfett schleppte. Techniker hantierten mit Kabeln und einem Laptop, um die Anlage zum Laufen zu bringen. Einer von ihnen schaffte es schließlich, ihr Musik zu entlocken, wenn auch blödes Gedudel. Wahrscheinlich war das WDR 4 oder ein anderer Omasender. Der Lockenmann gestikulierte vor der Anlage wild herum, wedelte mit einer CD und brachte den Techniker zum Schwitzen. Wenigstens waren die Kellner schon mit Champagner bewaffnet, und als einer mit einem Tablett vorbeikam, griffen wir zu.

»Ob Finn schon da ist?«, fragte ich.

»Keine Ahnung«, sagte Eddy und kippte sich den Schampus rein. »Mist, ich muss noch mal aufs Klo – bevor es hier zur Sache geht.« Sie eilte davon.

Ich checkte weiter die Lage. Plötzlich sprach mich jemand an. »Wow – was für ein Kleid!«

Ich drehte mich um und traute meinen Augen kaum.

Da war er, der Mann, der der Vater meines Kindes geworden wäre, hätte sich sein Sperma nicht mit den Chipskrümeln vereinigt. Ewan McGregor, Nummer Vierhundertirgendwas. Ich schaute schnell zur Seite. Hoffentlich erkennt er mich nicht. Er nahm zwei Gläser Champagner vom Tablett und reichte mir eines.

»Auf die schönste Frau des Abends«, schleimte er. Es war gerade mal kurz vor sieben, und es war noch ziemlich leer.

»Und was machst du hier?«, fragte ich. »Bist du hier der Mannschaftsarzt?« Mist, jetzt hatte ich mich verraten. Er aber lachte nur.

»Na ja, falls man die Künste eines Fernsehdoktors braucht, dann stehe ich parat!«

»Ach, du bist Schauspieler? Kein Arzt?«

»Nein, wieso?«

»Lügner«, hustete ich in mein Glas.

»Wie bitte?«

»Na ja, äh, du siehst aus wie ein Arzt, finde ich.«

»Das dachte die Castingagentur wohl auch! Deshalb spiele ich in der neuen Vorabendserie einen Doktor! Kommt ab nächstes Jahr im Fernsehen.«

Ich beobachtete die neu ankommenden Gäste, die sich sofort um die Champagner- und Austernbar scharten. Von Finn keine Spur.

»Und was spielst du noch so?«, fragte ich beiläufig.

»Ach, ich hab 'ne Menge interessanter Projekte, wo ich ganz verschiedene Charaktere spiele. Das ist eben die Herausforderung. Ich bereite mich sehr gründlich vor. Hey!«, er drehte eine halbe Pirouette und breitete theatralisch die Arme aus. »Du sprichst mit dem deutschen Robert de Niro.«

Wenn ich eines hasste, dann diese dämliche Angewohnheit, sich mit einem Schauspieler von Weltrang zu vergleichen. Ewan McGregor war ein aufgeblasener Wichtigtuer.

»Gerade hat der Dreh angefangen für so einen Film, da geht es um Unfruchtbarkeit und so. Meine Frau – nur im Film natürlich, im echten Leben bin ich solo …«

Da war er, mein Chef. Mit Jasmin. Im Schlepptau Stefan Sollderbach. Mein Gott, war die dick. Und Sollderbach blass. Hätte er mich doch mitgenommen. Gus-Gus hatte sich fein gemacht und in einen Smoking gequetscht. Er schaute durch den Raum. Sein Kopf war rot wie Johannisbeergelee. Das Lied war zu Ende, und es ertönte eine altbekannte Melodie. Das Nachrichtenjingle von Radio Injection. Ich sah, wie Gus-Gus und die anderen sich freudestrahlend anschauten. Jemand klopfte Gus-Gus auf die Schulter, er schnappte sich Champagner vom Tablett, und auch Jasmin griff zu. Ein Verkehrsunfall, eine Pressemitteilung der Stadt, ein bisschen 1. FC Köln, eine Umfrage über Haustierhaltung – die Nachrichten liefen bestens.

Plötzlich schaute Gus-Gus direkt zu mir herüber. Er winkte freundlich. Ich winkte verlegen zurück. Er stutzte. Sein Gesicht verfinsterte sich. Jetzt hatte er wohl geschnallt, dass ich eigentlich weder hiersein durfte noch konnte. Ich müsste eigentlich hinter dem Mikrofon sitzen. Oder hinter Gittern. Er stellte sein Glas weg und machte einen Schritt in meine Richtung.

»Also meine Filmfrau wird einfach nicht schwanger, und der Mann muss zur …«, laberte Ewan McGregor.

»Sorry, muss gehen«, sagte ich, drückte ihm mein leeres Glas in die Hand und machte mich aus dem Staub. Ich lief Richtung Toilette. Ich wollte gerade hinein, da entdeckte ich auf der linken Seite vor einer Wand mit Filmplakaten eine Horde Kinder und mittendrin die Frau, die mir den Ärger mit meinem Chef eingebrockt hatte: Beatrix. Sie gab gerade einem Fotografen Anweisungen, der versuchte, die Kinder neben einem mannsgroßen Raumschiff und riesigen Plüschhunden in Astronautenkostümen zu positionieren. Diese blöde Ziege, was bildete die sich eigentlich ein, sich in meine Familienangelegenheiten einzumischen? Diese arrogante Kuh, die dafür gesorgt hatte, dass ich mich hier wie eine Verbrecherin einschleichen musste, anstatt stolz erhobenen Hauptes über den roten Teppich einzumarschieren. Aber jetzt war Schluss mit dem ganzen Geplänkel. Es gab eine Zeit des Hoffens, es gab eine Zeit des Trauerns, und es gab eine Zeit der Rache. Mit weit ausholenden Schritten wollte ich auf sie zustürmen. Doch das Kleid zwang mich zum Trippeln. Hektisch eierte ich auf sie zu.

Ihr Gesicht strahlte, als sie mich erblickte. »Anna, was für ein schönes Kleid!«

»Was fällt dir eigentlich ein, mit der Geschichte zu meinem Chef zu gehen?«

»Aber …« Sie schaute mich verwundert an. »Ich dachte, ich helfe dir damit!«

»Nein, du hast die Sache nur noch schlimmer gemacht«, keifte ich und wollte gerade mit meiner Standpauke beginnen, da sah ich den roten Schädel von Gus-Gus in meine Richtung treiben. Weg hier! Ich drehte mich um und lief so schnell es ging davon. Eddy kam aus der Toilette.

»Ich hab unsere Koffer da hinten abge…«, begann sie, aber ich unterbrach sofort.

»Komm mit«, sagte ich und zog sie in eine Gruppe künstlicher Pflanzen hinein, die hinter der Anlage aufgebaut war.

»Was'n los? Sind sie schon da?«

»Nein, aber Gus-Gus ist hinter mir her.«

Wir spähten durch das Plastiklaub in den Saal.

»Weißt du, was ich gerade gehört hab? Finn hat sein Drehbuch verkauft – rate mal, an wen?«, fragte Eddy. Über Lautsprecher kam die Wettervorhersage, doch plötzlich fiepte es, und die Nachrichten brachen ab. Ich hörte jemanden über Lautsprecher lachen. Das war ich. Dann sagte Eddy: »Wenn Männer menstruieren würden, gäbe es keine Chinarestaurants.«

Ich hörte mich kichern.

Oh mein Gott, dachte ich, ich habe aus Versehen unser Gespräch im Studio aufgezeichnet! Und habe die Datei mit den Nachrichten nicht mehr kontrolliert! Ein Kardinalsfehler, die Todsünde beim Radio: Niemals, niemals, niemals etwas auf den Sender lassen, was man nicht komplett abgehört hat!

Die Schamesröte stieg mir in Lichtgeschwindigkeit ins Gesicht. Aus war es mit dem Preis! Aus mit meiner Karriere als Nachrichtenmoderatorin! Niemals würde mich ein anderer Sender abwerben. Ich hatte eindeutig bewiesen, dass ich nicht einmal das kleine Einmaleins des Handwerks beherrschte. Ich wollte zur Anlage stürmen, um den Stecker zu ziehen oder wenigstens Schampus auf die Elektrik zu schütten, aber Gus-Gus näherte sich unaufhaltsam von der anderen Seite.

Aus dem Lautsprecher erklang Eddys Erklärung für die abenteuerliche These: »Weil die Chinesen glauben, wenn man sich während der Menstruation die Hände wäscht, wird man krank.«

»Echt? Die sind ja auch bekloppt. Was ich schlimm finde, ist diese blaue Ersatzflüssigkeit in der Werbung. Das ist so eine Verarschung! Blau wie Wasser, und was bedeutet Wasser? Leben! Dabei ist es gerade das Gegenteil, was bei der Menstruation passiert: Da geht potenzielles Leben verloren!«

»Eigentlich ist Menstruation schon Mord. Das sollte dem Vatikan mal einer sagen.«

»Meinst du, deshalb dürfen Frauen nicht Priester werden?«

»Kann sein. Wahrscheinlich sogar.«

Kennen Sie das, dass Sie manchmal etwas erzählen, was in Ihrem Kopf als geniale Argumentationskette rumschwirrt, aber wenn sie es noch einmal hören – vor allem vor Publikum! –, dann wird Ihnen klar, was für einen Schwachsinn Sie sich zusammengereimt haben? Und Sie möchten am liebsten im Boden versinken? Zuerst lachten noch einige der Gäste, weil sie wohl dachten, das wäre eine super witzige Comedy-Einlage. Nur blieben bei uns leider die Pointen aus. Und während des folgenden Pamphlets gegen Männer, die ihre Frauen sitzen lassen und eine andere schwängern, verging allen das Lachen. Es war schrecklich. Aber das Schrecklichste sollte noch folgen. Während der Lockenmann im Dreieck sprang und den Techniker anherrschte, der mit Kabeln und Verbindungssteckern kämpfte, nahm das Unheil seinen Lauf.

»Und was ist das hier für eine Nachricht?« fragte Eddy über den Lautsprecher.

»Wieder so eine Umfrage. Aber weißt du was, ich hab mal was recherchiert. Mit dem Meinungsforschungsinstitut stimmt was nicht.«

»Hä?«

Ich sah Gus-Gus auf die Anlage zustürmen, während er den letzten Rest einer Bratwurst verschlang. Ich starrte entsetzt in seine Richtung. Gus-Gus wollte gerade den Techniker anschreien, da entdeckte er mich.

»Sie!«, schrie er.

»Lauf!«, schrie Eddy.

»Wie soll ich das denn machen?«, herrschte ich sie an. In Riemchen-Pumps und mit diesem Kleid! Gus-Gus galoppierte auf mich zu wie der apokalyptische Reiter. Ich hatte nur eine Chance: stehen bleiben. Ich verschränkte die Arme und setzte mein Trotzgesicht auf. Wenn er mich schlüge, würde sein Leumund noch mehr leiden. Niemand würde ihm glauben bei der Gerichtsverhandlung wegen sexuellen Missbrauchs von Drillingen.

Über die Lautsprecher verkündete ich: »Die Firma, die uns die Umfragen liefert, die gibt es anscheinend gar nicht. Ich bin mal vorbeigefahren, aber da war nur'n Briefkasten und ein leerstehendes Gebäude.«

»Hä? Das ist ja Betrug«, staunte Eddy.

»Genau, die Ergebnisse sind nur ausgedacht.«

»Apropos ausdenken. Was ist denn jetzt mit deinem Chef?«

»Keine Ahnung. Er wird mich bestimmt anzeigen.«

Ich war schon in Reichweite von Gus-Gus, gleich würde er mich zu packen kriegen, da blieb er auf einmal wie erstarrt stehen und lauschte gebannt den Ungeheuerlichkeiten.

»Das haben wir gern«, sagte Eddy im Radio gespielt streng, »dass der Kinderschänder das Opfer auch noch anzeigt.«

»Wahrscheinlich wird er sagen, die Drillinge haben es nicht anders gewollt«, kicherte ich.

»Ja, genau«, prustete Eddy, »die Strampelanzüge waren so sexy.«

Wir lachten. Dann sagte ich: »Das ist leider überhaupt nicht witz...«

Gott sei Dank brach endlich das Gespräch ab. Die Techniker hatten es tatsächlich geschafft, die Anlage in den Griff zu kriegen. Mother's Finest sang »Baby love«. In Gus-Gus kehrte das Leben zurück. Er dröhnte: »Sie sind ja noch hysterischer, als ich dachte. Aber damit kommen Sie nicht durch. Ihnen wird sowieso niemand glauben. Gucken Sie sich doch nur an!«

Das konnte ich nicht auf mir sitzen lassen. Ihm würde ich's zeigen. Ich würde ihm einen passenden Spruch reindrücken. Einen wirklich gemeinen Spruch.

»Gucken Sie sich doch selber an«, sagte ich.

»Im Übrigen sind Sie gefeuert!«

Er machte auf dem Absatz kehrt und ging.

»Mannomann«, schnaufte ich, hin- und hergerissen zwischen Scham, Angst und Erleichterung darüber, dass die unmittelbare Bedrohung des wildgewordenen Gus-Gus weg war. »Schöne Scheiße.«

»Hoffentlich hat Finn das nicht mitbekommen«, sagte Eddy.

Allein die Vorstellung ließ mein Herz für eine Sekunde aussetzen. Aber wieso eigentlich? Ihn brauchte ich wirklich nicht zu schonen. Er war an allem schuld! Und genau deswegen war ich hier. Um ihn spüren zu lassen, was es hieß, mich – oder irgendeine andere Frau auf diesem Planeten (außer Jasmin vielleicht) – so zu demütigen. Ihm musste exemplarisch die Tragweite seines unverantwortlichen Handelns eingebläut werden, auf dass kein Mann jemals mehr einer Frau ein solches Unrecht antat! Ich würde voranschreiten und den Ungeschwängerten den Weg ebnen.

»Weinst du? Komm, Gus-Gus ist doch weg«, tröstete mich Eddy.

Ich hatte tatsächlich Tränen in den Augen, so gerührt war ich von mir selbst. Ich atmete tief ein. Dann rief ich laut: »Towanda!« und schob entschlossen das Grünzeug zur Seite.

»Hey, da kommen sie!« Ich zeigte auf die Vidiwall, die an einer hohen Säule hing. Da war der rote Teppich. Und da war er, Finn. Er trug einen schwarzen, lässigen Anzug und darunter ein eng sitzendes T-Shirt. Er sah großartig aus. Aber das würde sich bald ändern.

Wenig später betraten die beiden den Saal. Finn ging einen halben Schritt hinter Doreen. Sie hatte einen Lockenberg auf dem Kopf. Schöne, volle, glänzende, dunkle Locken. Allein für diese Haare würden manche ihre eigene Mutter verkaufen. Ich höchstens meine Tante.

Doreen trug ein knappes Top, eine weite, weiße Leinenhose und eine fuchsiarote, grob gestrickte Wollstola. Ihren Bauch mit dem auffälligen Bauchnabelpiercing – eine rosafarbene Schmetterlingsbrosche prangte in der Mitte – streckte sie stolz nach vorne. Sie lächelte. Strahlte sie einfach nur, weil sie ein Star war, oder weil sie schwanger war?

»Scheiße, sieht die schwanger aus, oder was?«, fragte ich Eddy.

»Schwer zu sagen. Aber das Bauchnabelpiercing ist echt geil.« Ich stieß Eddy in die Seite, wie konnte sie so taktlos sein, etwas Positives über meine Erzfeindin zu verbreiten?

Die Fotografen umringten Doreen. Die Kameraleute knipsten die Lampen an und drehten drauflos. Doreen zeigte, was sie draufhatte, schüttelte die Locken und stellte sich in Positur. Den linken Arm in die Seite gestützt, Schmollmund, kesser Blick, dann mal den Mund aufgerissen und Peacezeichen mit den Fingern.

»Das soll wohl die Ich-bin-so-natürlich-geblieben-Pose sein«, meinte ich.

»Die ist doch total out, weil Heidi Klum sie überstrapaziert hat«, lästerte Eddy.

Finn gab Doreen einen Kuss auf die Wange, und dann verschwand Doreen in der Interview-Ecke, die mit den Plakaten von »Großstadt-Koyoten« gepflastert war. Ich beobachtete Finn. Er stellte sich neben einen Typen, der Walter Dahlen sein musste, der Vater von Doreen, ein bekannter Produzent. Sie unterhielten sich leise und lachten. Auf der Vidiwall war jetzt die Interview-Ecke zu sehen, Doreen stellte sich an den Stehtisch. Jemand brachte ihr ein Glas Wasser. Die Musik wurde leisegedreht, und ein Moderator machte eine Ansage.

»Und jetzt, liebe Freunde, schon mal vorab eine Erklärung, die der Star des Abends abgeben möchte. Applaus für Doreen Dahlen.«

Finn stellte sich an einen Biertisch. Er sah nervös aus, knibbelte an dem Bierdeckel herum. Als ein Kellner vorbeikam, schnappte er sich zwei Gläser Schampus und trank sie hintereinander aus. Warum ist er so zappelig? Er wird es doch wohl wissen? Doreens Stimme ertönte, und ich schaute auf die Leinwand.

»Hallo, Leute. Vielen Dank, dass ihr meinen Film mögt. ›Großstadt-Koyoten‹ war wirklich ein außerordentlich aufregendes Projekt. Ich danke meinem Regisseur …«

»Komm zur Sache, Schätzchen, das interessiert sowieso keinen«, mahnte Eddy. Meine Handflächen waren nass wie zwei Schwämme. In meinem Bauch tanzte eine Gruppe Kosaken den Säbeltanz.

Doreen machte eine Pause. Und sagte dann: »Ich wollte etwas bekannt geben, was in den letzten Tagen für einen ziemlichen Hype um meine Person gesorgt hat. Es wurden viele Fragen gestellt, und jetzt möchte ich es Ihnen allen sagen. Bisher weiß es noch niemand, nicht einmal meine Familie. Und ich weiß, Sie sind alle ganz gespannt.«

Ich quetschte Eddys Arm. Finn nahm sich noch ein Glas Schampus. Alle starrten gespannt auf den Monitor. Man konnte eine Stecknadel fallen hören. Es war die, die Eddys Kleid zusammenhielt.

»Und die Wahrheit ist …«

Ich stand am Rande des Vulkankraters. Giftige Dämpfe und Gesteinsbrocken wurden herausgeschleudert, und der Schwefelgestank raubte mir fast den Atem. Nein nein nein, bitte nicht.

»… ich bin schwanger!«, verkündete Doreen. Ein Raunen ging durch die Menge. »Und der Vater ist Finn Hofstätter, ein sehr begabter Drehbuchautor. Wir freuen uns riesig auf das Baby!«

Ich stürzte mitten hinein in das glühende Magma. Es verbrannte mich in Sekundenbruchteilen. Eddy reichte mir ein Glas Champagner. Ich konnte es nicht nehmen, ich war völlig erstarrt.

»Sollen wir auf die Toilette gehen?«, fragte sie. Ich nickte, rührte mich aber nicht vom Fleck.

»Ich hole dir ein nasses Tuch«, murmelte Eddy und verschwand. Ich starrte vor mich hin. Dann weckte eine Handbewegung von Finn meine Aufmerksamkeit. Er griff sich einen Kellner und flüsterte ihm was ins Ohr. Til Schweiger kam und stellte sich neben Finn. Die beiden redeten. Der Kellner kam mit einem fast vollen Glas Whisky, das er Finn gab. Er stieß mit Schweiger an und trank einen großen Schluck. Dieses Schwein, feiert hier mit seinen neuen Promifreunden, während ich alleine und völlig ohne Baby dastehe! Die Wut erwachte wieder zum Leben, Wut und Demütigung, die gefährlichste Mischung seit Nitro und Glyzerin. Towanda!

Doreen verließ die Interview-Ecke und ging an die Champagnerbar. Auch dort war sie sofort von Menschen umringt. Ich sah, wie sie Erdnüsse in sich reinstopfte. Und sich sogar ein Glas Champagner geben ließ! Til Schweiger stieß mit Finn an und deutete mit dem Kopf auf Doreen. Gleich würde die Preisverleihung losgehen. Ich beobachtete, wie Finn Doreen was ins Ohr flüsterte. Sie kicherte. Ich kochte.

Eddy kam zurück. Sie schleppte alle Taschen. Ich ging auf sie zu, nahm ihr das größte Beautycase ab und beachtete sie nicht weiter. Ich hatte eine Mission. Ich war ferngesteuert. Finn drehte mir den Rücken zu, er rangelte mit Doreen um ihr Champagnerglas. Gerade ließ sie es los, da drehte sich Finn um, sah mich.

»Anna«, staunte er, »was machst du denn hier?«

Meine Antwort rammte ich ihm gegen sein rechtes, das lädierte Knie. Das Beautycase. Die Waffe der Frau!

Er schrie auf, ließ das Glas fallen, stolperte rückwärts. Da hockte gerade ein Kameraassistent auf dem Boden und montierte irgendwas an seiner Tonangel. Finn fiel geradewegs über ihn und schlug mit seinen rudernden Armen einem Gast, der gerade vom Büfett kam, den Teller aus der Hand. Jeder weiß, wie groß die durchschnittliche Portion ist, die man sich vom kostenlosen Büfett holt: riesig, gigantisch, kolossal. Eine senegalesische Familie könnte von den Kalorien einen Monat leben. Krabbencocktail, Räucherlachs, Leberpastete, gefüllte Tomaten, ölige Auberginen, fettige Champignons, Thunfischcreme … Dieser Teller segelte durch die Luft wie eine überladene Frisbeescheibe. Ich sah es wie in Zeitlupe: Er beschrieb einen hohen Bogen, drehte sich langsam um und landete auf dem Kopf von Uschi Glas, die RTL gerade ein Interview gab. Sie drehte sich verblüfft um und ohrfeigte eine blonde Tussi, die hinter ihr stand. Die Tussi taumelte zurück und trat mit ihrem Pfennigabsatz auf Finns Hand. Er schrie auf, zog die Hand zurück und rappelte sich auf. Er starrte mich entsetzt an, wollte gerade was sagen, da schrie jemand: »Du blödes Arschloch, meine Kleine zu schwängern! Am Anfang ihrer Karriere! Bist du noch zu retten? Ich fand dich ganz nett, aber meinst du im Ernst, du wirst mein Schwiegersohn?«

Walter Dahlen kam von hinten angerannt und packte Finn am Kragen.

»Aber sicher wirst du mein Schwiegersohn! Wenn du schon mein kleines Mädchen schwängerst, dann stehst du wenigstens dazu und heiratest sie! Haben wir uns verstanden?«, brüllte er und schubste Finn nach hinten. »Und wenn du sie nicht heiratest, dann kannst du dir dein Drehbuch sonst wohin steck...!«

Er sackte plötzlich zusammen. Ich stellte fest, dass ich ihm das Beautycase in die Kniekehle gerammt hatte.

»Ey, du Penner«, hörte ich mich zu ihm sagen, »das ist meine Baustelle, stell dich hinten an.«

Niemand drängte sich vor! Towanda!

Finn kapierte gar nichts. Ich hob drohend das Beautycase und brüllte ihn an. Ich glaube, diesmal spuckte ich auch ein bisschen.

»*Du verdammtes Schwein!* Wie konntest du das nur tun! Ich wollte ein Baby von dir, und du wolltest nicht, und dann machst du dieser blöden Schlampe eins? Und heiratest sie auch noch! Du *Arsch*!«

Ich machte einen Schritt auf ihn zu, stemmte die Box mit beiden Armen über meinen Kopf. Er schaute mir in die Augen. Ich hielt inne, versuchte, einen klaren Gedanken zu fassen. Das Beautycase schwebte wie ein Damoklesschwert über Finn. Atemloses Schweigen um uns herum.

Alle starrten gebannt auf den Fortgang des Geschehens. Ich machte einen Schritt auf Finn zu. Ein Raunen im Publikum. Ich schwang das Beautycase vor und zurück, aber bevor ich etwas unternehmen konnte, durchschnitt ein Schrei die Stille.

»Da ist sie! Sie hat mein Kleid gestohlen!« Veronica Ferres bahnte sich mit zwei Securitymännern einen Weg durch die Menge.

Bevor sie mich festnahmen, schleuderte ich das Beautycase in Finns Richtung. Es knallte ihm genau in die Kronjuwelen. Towanda!

Der Securitymann umklammerte mich, ich strampelte, mein Schuh flog weg und traf Ewan McGregor am Kopf, den alten Angeber. Ich schrie, man solle mich loslassen. Eddy warf sich auf den Securitytypen und versuchte, ihn von mir wegzuziehen, aber da griff schon der zweite Mann zu und nahm sich ihrer an. Wir wurden aus dem Saal geschleppt. Die Menge wich johlend zurück, der Applaus war noch bis nach draußen zu hören.

23

»Das war also meine Galavorstellung. Und ich kann Ihnen nur versichern, dass ich absolut keine Ahnung habe, wie es so weit kommen konnte. Ich habe noch nie geklaut, noch nicht mal einen Kaugummi, ich habe mich noch nie geprügelt, ich ...«

Mir bleibt die Luft weg. Die ganze Ungeheuerlichkeit meiner Geschichte wird mir bewusst. Was bin ich nur für ein Idiot! Ich lausche in mich hinein, ob nicht wieder irgendeine Stimme zu mir spricht und mich auf wahnwitzige Gedanken bringt, aber alles ist still. Polizistin Vitt starrt mich gespannt an. Zwei Kolleginnen haben sich im Lauf der Vernehmung dazugesellt und schauen mich ebenfalls an. Ich seufze.

»Ich weiß nicht, ob es für Hormonchaos mildernde Umstände gibt. Aber was soll's? Das ist nicht mehr wichtig. Ich habe sowieso schon die Höchststrafe bekommen: ein gebrochenes Herz. Also, was immer jetzt passiert ...«

Die ganze Wut ist aus mir raus, ich fühle mich leer und erschöpft, als hätte ich ein halbes Jahr nicht geschlafen.

»Na ja, es wird schon nicht so schlimm werden«, sagt Frau Vitt. Die Tür geht auf, und Eddy wird hereingebracht. Auch sie ist zerzaust. Das Kleid ist an der ganzen Seite eingerissen. Wir fallen uns in die Arme.

»Das ist meine Freundin Eddy. Die beste, die man haben

kann«, stelle ich sie stolz vor und beeile mich zu sagen: »Sie kann absolut nichts dafür, es ist alles meine Schuld!«

Frau Vitt steht auf. »Schon klar. Hallo, Frau Falkner, freut mich, Sie kennenzulernen. Habe schon viel von Ihnen gehört.« Sie gibt ihr die Hand.

»Oh, ich hoffe, nur Gutes.«

Die Polizistinnen lachen. Frau Vitt zwinkert ihr zu. »Das können Sie laut sagen.«

Dann wendet sie sich an mich. »Sie müssen jetzt bitte hier die Aussage unterschreiben.«

Die Tür wird aufgerissen, und ein völlig aufgelöster Klaus stürzt herein. Er läuft zu Eddy und umarmt sie. »Oh, da bist du ja. Ist alles in Ordnung? Ist was passiert?«

»Hi, Klaus, nichts passiert. Oder doch?« Sie schaut sich zu den Polizistinnen um.

Frau Vitt schüttelt beruhigend den Kopf. »Wir müssen jetzt mal sehen, wie sich das alles entwickelt. Aber gegen Sie, Frau Falkner, liegt gar nichts vor.«

Klaus umarmt Eddy wieder. »Ich war so nervös, ich dachte, dir wär vielleicht was Schlimmes passiert, du hast ja nur kurz gesagt, dass du auf der Polizeiwache bist ...«

Eddy streichelt ihm über die Wange.

»Und ich hatte solche Angst um dich, und ich liebe dich doch so ...«, sagt er und fällt plötzlich auf die Knie und holt ein kleines Ringdöschen heraus. Eddy schaut total erschrocken von ihm zu mir und wieder zurück. »Aber was ...?«

»Eddy, du bist das Beste, was mir jemals passiert ist. Du bist die Frau meiner Träume. Du bist klug und witzig, und du bringst mich zum Lachen, und meine Jungs finden dich auch absolut super.«

»Aber ich dachte ... sie können mich nicht leiden?«

»Und wie sie dich leiden können! Sie sprechen dauernd

von dir. Und deshalb, liebe Eddy, und weil ich dich niemals mehr alleinlassen möchte und dir trotzdem deine Freiheit von ganzem Herzen gönne, bitte, willst du meine Frau werden?«

Klaus klappt das Döschen auf. Eddy guckt ihn an, dann mich und die Polizistinnen, die alle Tränen in den Augen haben. Auch ich sehe die Szene plötzlich verschwommen, kein Heiratsantrag, bei dem ich nicht heulen muss. Fotos von Eddy, die in meinem Hirn gespeichert sind, ziehen an mir vorbei, wie sie mich auf dem Schulhof auslacht wegen meiner schlimmen Dauerwelle, wie sie mir die Haare macht, wie wir mit Schulterpolstern und Leggings zu »Madness« tanzen, wie sie die Schule verlässt in der zehnten Klasse, wie wir uns auf einer schrecklichen Party wiedertreffen, sie hat den Schädel kahl rasiert, und wir betrinken uns mit Apfelkorn, die Abtreibung, Gespräche, Partys, Mädchenvideoabende, sie zusammen mit Klaus und seinen Söhnen ...

Eddy guckt wieder zu Klaus und sagt so, als ob sie selber am meisten darüber staunt: »Ja! Ich will deine Frau werden!«

Klaus steckt ihr den Ring an, steht auf und gibt ihr einen langen Kuss. Die Polizistinnen und ich lachen, damit wir nicht heulen, dann umarme ich Eddy, meine Eddy, und sage ihr, dass ich sie liebe.

24 

Ich schließe die Tür zu meiner Wohnung auf. Sie sieht anders aus, riecht anders, wie wenn man aus einem langen Urlaub zurückkommt. Ich atme tief ein und aus. Heute ist der erste Tag vom Rest deines Lebens, dieser Spruch geisterte in der Schule rum, die Leute kritzelten ihn sich auf die Federmäppchen oder auf die olivgrünen Armyrucksäcke neben das Anarchozeichen, einfach so, weil es cool war. Heute ist der erste Tag vom Rest meines Lebens, sage ich vor mich hin. Und zum ersten Mal fühle ich mich auch so. Kein Baby, kein Freund, kein Job. Aber einen klaren Verstand. Ich wundere mich über die Ruhe, die über mich gekommen ist. Ich gehe in die Küche. Alle Pflanzen sind verdorrt. Ich nehme eine Schere und schneide sie radikal ab. Sie werden schon wieder wachsen, denke ich.

Ich schmeiße mich aufs Sofa, schalte den Fernseher an. Eine Reporterin mit unmöglichem Rüschenkleid und süffisantem Lächeln sagt: »Auf der Gala der Deutschen Film- und Fernsehgesellschaft kam es heute um Doreen Dahlen, den Star aus ›Großstadt-Koyoten‹, zu einem heftigen Tumult. Nach der Verkündung ihrer Schwangerschaft kam es zu Handgreiflichkeiten, in deren Folge Uschi Glas leicht verletzt wurde. Auslöser war die Nachrichtenmoderatorin Anna Rasche, die auf den Vater des Kindes von Doreen Dahlen, Finn Hofstätter, mit einem Beautycase losging.«

Mir kommt es vor wie ein Bericht über eine andere Person, über entfernte Verwandte oder Leute, die ich aus der *Gala* kenne. Ich schalte den Fernseher aus und gehe schlafen.

Das Klingeln des Telefons weckt mich. Kein Anschluss unter dieser Nummer, denke ich und ziehe mir das Kissen über den Kopf. Morgen wandere ich aus. Lasse alles zurück, meine Wohnung, meine Familie, meine Erinnerungen. Nur das, was ich am Leib trage, wird mir noch gehören. Selbstverständlich ziehe ich das Kleid von gestern Abend an. Die geheimnisvolle Schöne in dem zitronengelben Kleid. Es wird im Wind des Ozeans wehen, wenn ich an der Reling stehe und über den Atlantik nach Westen schaue, in meine neue Heimat, Amerika. Das Land der unbegrenzten Möglichkeiten. Dort werde ich mir eine neue Existenz aufbauen, die steinige Erde mit meinen bloßen Händen beackern. Hmm. Mein Maniküre-Set sollte ich vielleicht doch mitnehmen.

Es klingelt an der Tür. Oh nein. Hier wohnt niemand mehr, schreie ich in das Brausen des Meeres und das Dröhnen der Schiffsmotoren. Ich klammere mich an die Reling, jetzt steige ich mit meinen feinen Stiefelchen über das kalte Metall, zwei Stockwerke unter mir die gurgelnde Gischt, mein kaltes Grab. »Wenn Sie springen, springe ich auch«, ruft plötzlich Leonardo di Caprio. Oder vielleicht doch lieber George Clooney? Das hier ist schließlich meine Titanic. Während ich hin und her überlege, wer mein Retter sein soll, summt es. Eine SMS: *Mach endlich auf. Eddy.*

Ich gehe zur Tür. »Eddy, bist du's?«

»Nein, hier ist der Weihnachtsmann«, sagt sie, und ich öffne.

»Und wie ist es da draußen?«, frage ich.

»Wie soll es schon sein? Die Welt ist untergegangen, und die Menschen haben sich in den Untergrund verzogen. Mann, Anna, wir leben im 21. Jahrhundert. Die Leute lieben Skandale.«

Sie zeigt mir die Schlagzeile vom *Express*: *Die Schlacht am kalten Büffet – Frauen rasten völlig aus!*

Ein großes Bild von mir mit dem Beautycase (*Nachrichtenfrau sorgt selbst für Schlagzeilen*), daneben eines von der mit Thunfischcreme besudelten Uschi Glas (*Kriegt man von dieser Creme auch Pickel?*).

Eddy blättert um. Auf drei Seiten Fotos und Berichte.

»Wer hat denn den Preis für die Radionachrichten gewonnen?«, frage ich.

»Der WDR«, antwortet sie und liest vor.

»Vorjahressieger Steffen Seibert in seiner Laudatio: Als Nachrichtensprecher muss man verlässlich und seriös sein. Deshalb geht der diesjährige Preis für Radionachrichten an das Team des WDR.«

»Und was ist das da? Da ist ja mein Chef«, rufe ich und zeige auf das Bild von Gus-Gus, wie er vor seiner Wohnung abgeführt wird.

Ich überfliege die Zeilen darunter: »Ein Skandal erschüttert die Kölner Medienlandschaft. Der Chefredakteur von Radio Injection in U-Haft. Seine Mitarbeiterin, Anna Rasche, die an diesem Abend zum Rundumschlag ausholte, belastete ihren Chef schwer.«

»Oh nein, rufe ich, ich muss unbedingt beim *Express* anrufen und sagen, dass er keine Kinder belästigt hat, weil es gar keine Kinder gab!«

»Hä? Wieso Kinder belästigt?«, fragt Eddy erstaunt. »Wegen Veruntreuung von Geldern ist er verhaftet worden.« Sie zitiert: »Wie der *Kölner Express* erfahren hat, hat Karl Gustav Gustav schon als Korrespondent in New

York gefälschte Nachrichten und Berichte verkauft. Jetzt hat er offensichtlich mit einem angeblichen Umfrageinstitut Gelder in Höhe von 100 000 Euro veruntreut. Der Vorsitzende des Verwaltungsrats von Radio Injection zeigte seinen Chefredakteur an, nachdem er von den Nachforschungen von Anna Rasche erfahren hat. Gustav selber hat sich noch nicht zu den Vorwürfen geäußert.«

»Aber wieso?«, stammele ich entgeistert, »das versteh ich nicht. Und die Missbrauchsgeschichte? Beatrix hat ihn doch angezeigt. Und mit ihm geredet und …«

»Vergiss die Geschichte mit den Drillingen. Also, pass auf, es war so: Beatrix hat mit Finn gesprochen, der hat ihr gesagt, dass du ein bisschen, nun, wie soll ich es nett formulieren …?«

»Durchgeknallt?«

»… durchgeknallt bist wegen des Kinderwunsches. Sie hat das sofort eingesehen. Die Macht der Hormone, hat sie gesagt. Und deswegen ist sie zu Gus-Gus gegangen, um ihm zu erklären, warum du im Moment ein bisschen …«

»Durchgeknallt?«

»… durchgeknallt bist. Und dass er nichts gegen dich unternehmen soll, weil du nur hormongesteuert bist.«

»Also hat Beatrix ihn nicht bei der Polizei angezeigt?«

»Nein.«

»Und sie hat ihm nicht gesagt, dass ich erzählt habe, dass er meine Drillinge sexuell belästigt hat?«

»Nein.«

»Aber woher weißt du das alles?«

»Ich hab sie auf der Gala getroffen, als du gerade mit dem Verprügeln von Finn beschäftigt warst. Sie meinte, das gibt einen grandiosen Artikel in ihrer Familienzeitung über Frauen auf Spermaentzug.«

»Frauen auf Spermaentzug? Spinnt die denn?« Ich fange an zu lachen, ein irres Lachen, und schon kullern mir die Tränen die Wangen herunter.

»Ach, Anna, das wird schon wieder«, sagt Eddy.

Ich schluchze: »Ich kann es immer noch nicht fassen. Und dass Klaus dich gefragt hat. Und du ja gesagt hast!«

»Ich auch nicht. Absolut nicht.«

»Das ist wirklich toll. Und vielen, vielen Dank, dass du mir so geholfen hast! Und zu mir gehalten hast. Auch wenn ich in der letzten Zeit ein bisschen ... «

»Durchgeknallt?«

»... durchgeknallt war.«

»Aber klar doch. Hat Spaß gemacht. War ziemlich aufregend die letzten Monate. Und jetzt bin ich auch endlich so weit, in ruhigerem Gewässer zu schippern.«

Eddy setzt sich an den Tisch und dreht sich einen Joint.

»Weißt du, diesen Sommer habe ich einen Braunen Bär gegessen, dieses Eis mit dem Karamellkern von früher ...«

»Klar, das habe ich geliebt als Kind!«

»Siehst du, ich auch. Ich wusste noch genau, wie das früher geschmeckt hat, es war der Geschmack meiner Kindheit. Es gab nichts Besseres. Und diesen Sommer habe ich es noch mal probiert, und ich hatte mich so drauf gefreut, und ... ich fand es scheiße. Also, ich mein, es hat echt nicht geschmeckt. Und da hab ich gedacht, verdammt, irgendwie hast du es doch geschafft, erwachsen zu werden.«

Eddy zündet den Joint an.

»Das ist kein Charakterfehler, Eddy! Ich finde, du machst es genau richtig. Und eine erwachsene Freundschaft ist doch auch super. Da kann man so schöne vernünftige Sachen machen ... Museum, Theater, Vorträge ...«

Ich nehme den Joint und ziehe.

Eddy kichert: »Ab und zu ein kleiner Banküberfall ...«

»Nee, ich glaub, davon habe ich als Erstes genug!«, huste ich. »Aber wir könnten öfter zu Galas gehen!«

Wir lachen.

»Wenn ich wieder aus dem Knast raus bin, klar. Versprich mir, dass du mich abholst, mit irgendeinem coolen Auto«, sage ich. Das Telefon klingelt schon wieder. Ich gehe ran. Mir ist jetzt alles egal. »Hallo?«

»Hallo, Frau Rasche? Hier ist Vitt, von der Polizei. Ich wollte Ihnen eine gute Nachricht überbringen. Die Klage wurde fallen gelassen.«

»Oh! Wirklich?«

»Ja. Frau Ferres hat Ihre Aussage gelesen und gesagt, so was kann jeder Frau mal passieren. Außerdem meinte sie, das Kleid hätte Ihnen sowieso besser gestanden. Und nachdem überall in der Zeitung das Designerlabel genannt wurde, hat auch Escada keinen Grund zur Beschwerde. Ihr Exfreund hat ebenfalls nicht geklagt, und die Sache mit der Beamtenbeleidigung, die wurde auch fallen gelassen.«

»Oh Mann. Das sind ja tolle Neuigkeiten. Vielen Dank!«

»Dann alles Gute!«, sagt sie.

»Ihnen auch!« Ich lege auf. »Schade. Und ich dachte, ich könnte mit meinen Knasterlebnissen einen Bestseller schreiben.«

Eddy knufft mich in die Seite. Es klingelt. Ich gehe ans Telefon, aber nur das Freizeichen ertönt.

»Die Tür«, sagt Eddy.

»Ach so.«

Ich öffne. Es ist Finn.

»Hi, Anna.«

Ich mache die Tür wieder zu. Dann fällt mir ein, dass er mich nicht angezeigt hat und dass ich ab heute wieder vernünftig bin, und ich mache wieder auf.

»Hallo, Finn. Tut dir das Knie noch sehr weh?«

»Na ja, ein bisschen. Ist nicht so schlimm.«

»Es tut mir leid, ehrlich. Ich wollte nicht, dass alles so kommt.«

»Ich auch nicht.«

»Und auch die Sache mit dem Kondom ... ich weiß nicht, was in mich gefahren ist, dafür möchte ich mich auch entschuldigen. Mir tut das sehr leid.«

»Ja, mir auch.«

Finn steht unschlüssig rum.

»Lass dich nicht aufhalten, du musst sicher weg«, sage ich.

»Ja, also. Doreen und ich ...«

»Schon klar. Ich wünsche euch viel Glück. Und herzlichen Glückwunsch auch.«

Da dieser Satz meine Vernunft mehr als genug strapaziert hat, will ich die Tür schließen, bevor ich irgendwas Unanständiges machen kann.

»Warte noch«, sagt Finn. »Ich muss dir was sagen. Beziehungsweise Doreen möchte dir was sagen.«

Wenn sie sich jetzt bei mir entschuldigt und sie glaubt, dass ich ihr jemals verzeihe, dann hat sie sich aber in ihre Eileiter geschnitten. Man sollte verlassene, nichtschwangere Singles von fünfunddreißig Jahren nicht zu sehr belasten. Dünnes Eis. Meine Selbstbeherrschung steht auf verdammt dünnem Eis.

»Doreen, komm doch mal«, ruft er ins Treppenhaus, und sie schleppt sich die Stufen hoch. Sie sieht noch dicker aus. Turbo-Schwangerschaft.

»Hi«, sagt sie.

»Hi«, sage ich. Und in Gedanken trete ich sie die Treppe runter.

»Danke für die PR, Mann, das war voll unglaublich, kann man dich mieten oder so was? Du bist echt viel besser als alle PR-Fuzzis zusammen, also ehrlich, voll cool, Mann, wie du das gemacht hast, und die Sache mit dem Kleid und so …«

»Doreen!«, mahnt Finn. Er behandelt sie wie ein kleines Kind, denke ich.

»Oh ja, okay. Also. Finn hat drauf bestanden, dass du es zuerst erfährst. Na ja, nach ihm und meinem Dad.«

Was wird denn jetzt kommen? Soll ich etwa Trauzeugin werden? Oder Brautjungfer? Ich gehe nicht zu ihrer Hochzeit, so viel steht fest. Höchstens um eine Bombe zu … Ach nein, ich bin ja jetzt wieder vernünftig.

»Also«, sagt Doreen, »ich bin nicht schwanger.«

»Was? Aber wieso …?« Ich deute auf ihren Bauch.

Doreen guckt an sich hinunter, greift in den Bauchspeck und präsentiert ihn wie einen saftigen Schweinebraten.

»Hamburger, Pommes, Cheeseburger, Snickers, Häagen Dazs – die ganze Palette, Mann. Ich hab für diesen Scheißfilm acht Kilo abnehmen müssen, echt, monatelang nur Gemüse, Obst, Reis, bah! Und mein Vater war voll krass am Kontrollieren … Na ja, und als der Film im Kasten war, da dachte ich, so, jetzt gehst du erst mal richtig was essen. Und na ja, was soll ich sagen? Ich hab keinen Bock mehr auf Gemüse, Obst und Reis. Das hab ich jetzt auch meinem Vater verklickert.«

Ich starre auf ihren Bauch, dann auf Finn und wieder auf Doreen.

»Na ja«, sagt sie, »und dann fingen die Reporter alle an mit meinem Bauch und waren am Spekulieren und so.

Und ich fand's echt nicht cool zu sagen, klar Mann, ich hab halt gefressen. Ich fand's besser zu sagen, ich bin schwanger, so wie die Stars in Amerika, Britney Spears und Gwen Stefani und so … die haben ja dadurch massig PR und so.«

Sie zieht einen Schokoriegel aus ihrer Tasche und beißt rein.

»Ach ja, und Finn und ich, das war auch mehr so 'ne Sache, hey, dachte ich, ich hab keinen Bock, alleine auf dem roten Teppich zu stehen, und er ist ja so süß!«

Sie kneift ihm in die Wange. Ein leises Autohupen dringt zu uns herauf.

»Ist mein Dad. Er hat sich auch wieder beruhigt. Kein Baby, keine Hochzeit! Also Leute, hat Spaß gemacht mit euch. Ich mach mich mal vom Acker. Also, bis später dann!«

Sie dreht sich lässig um und geht die Treppe runter. Auf dem ersten Absatz dreht sie sich um und ruft: »Und noch mal danke für die PR! Der Film hat 'nen neuen Rekord gebrochen, zuschauermäßig!«

Nach zwei Schritten dreht sie sich wieder um. »Ach ja: Und nichts verraten, an die Presse oder so. Die sollen ruhig noch 'n bisschen zappeln!«

Sie schüttelt ihre Wampe, lacht und winkt und verschwindet.

Wir stehen da und gucken uns an. Plötzlich fangen wir wie auf Kommando an zu lachen. Dann will ich was sagen, aber weil Finn auch was sagen will, bleib ich still.

»Fang du an«, sagt Finn.

»Was war das denn, bitte schön?«

»Das war Doreen, wie sie leibt und lebt. Der pure Wahnsinn.«

»Oh Mann, und mit der hast du dich getroffen?«

»Ich hab auch gehört, dass du dich mit so manchen komischen Leuten getroffen hast.«

»Ja, das hab ich.«

Wir stehen unschlüssig herum. Eddy kommt aus dem Wohnzimmer.

»Hey, ihr beiden. Ich bin dann mal weg.« Sie grinst wie ein Honigkuchenpferd.

Ich mache uns einen Kaffee. Finn sitzt am Tisch. Ein so vertrauter Anblick. Ich merke jetzt erst, wie sehr ich ihn vermisst habe.

»Weißt du«, sage ich, »ich dachte auf einmal, es sei das Wichtigste auf der Welt, sofort ein Baby zu bekommen. Aber ich hatte ganz vergessen, warum ich eigentlich eines wollte: wegen dir.«

»Und ich habe es einfach nicht kapiert ... und außerdem hatte ich ehrlich gesagt einfach ... Schiss. Weißt du, man kann alles trainieren, Korbleger, Boxen, selbst Schreiben kann man trainieren. Aber Vater sein ... da geht's direkt los, ohne Aufwärmen ab ins Spiel.« Er schaut mich an. »Aber als Doreen ... die Schwangerschaft verkündet hat, da habe ich erst richtig Angst bekommen ... Mann, Mann, Mann. Wenn man so was schon macht, Kinder in die Welt setzen, meine ich, dann nur mit der richtigen Frau.«

Er steht auf und kommt zu mir. Nimmt mein Gesicht zwischen seine Hände. »Aber mit dir zusammen, da wird es klappen, das weiß ich jetzt.« Und er küsst mich.

EPILOG

Anderthalb Jahre später

Färbt es sich oder färbt es sich nicht? Eddy und ich beugen uns näher über das kleine Sichtfenster vom Schwangerschaftstest.

»Mann, das ist ja spannender als die Oscarverleihung«, murmele ich, »und ich weiß, wovon ich rede.«

»Anna, nicht schon wieder. Ich hab dich doch wohl schon ausführlich darum beneidet, dass du für RTL Exklusiv von der Oscarverleihung berichten durftest.«

»Hmm, ich glaub, da ist ein Strich«, sage ich.

»Nee, ich glaub nicht. Doch, da ist er!«, schreit Eddy.

Wir schauen uns an und kreischen wie zwei Irre. Ich falle ihr um den Hals.

»Und ist es ... sind wir ... bist du?«, fragt er.

»Ja, ich bin schwanger!«, schreit Eddy und springt Klaus in die Arme.

Finn holt den Champagner. Als der Korken knallt, ertönt ein Brummen.

»Oh, unser kleiner Nachtschwärmer wird aktiv!«, sagt Finn. Als er wiederkommt, trägt er sie auf dem Arm. Unsere kleine Tochter. Trixi. Sie ist so niedlich. Ganz der Vater.

»Oh, es fängt an!«, rufe ich.

»Das hast du doch gewusst, nicht wahr? Du wolltest es

auch nicht verpassen, was? Papas ersten Film«, sagt Finn zu Trixi.

»Schsch ... jetzt seid mal still!«, rufe ich atemlos und schaue auf den Monitor. Til Schweiger hämmert auf die Boxbirne ein. Doch mein Blick bleibt nicht lange dort hängen, sondern kehrt immer wieder zurück zu meiner kleinen Familie.

SERIE PIPER

Jana Sonntag

Mein wunderbarer Brautsalon

Roman. 224 Seiten. Serie Piper

Was passiert, wenn man seine absolute Traumfrau kennen lernt – aber leider ist sie gerade dabei, sich das Kleid für ihre Hochzeit auszusuchen? Und was, wenn diese Traumfrau in Wahrheit gar nicht heiraten, sondern nur ein Brautkleid anprobieren will? Dann ist das Chaos vorprogrammiert …
Als Annika den Brautsalon Hübner betritt, um sich das Traumkleid ihrer Schwester genauer anzusehen, probiert sie es kurz entschlossen selber an. Christoph, begeistert von der neuen Kundin, lässt seinen Charme spielen. Typisch, denkt Annika, kaum ist sie scheinbar unerreichbar, macht ihr ein Mann schöne Augen. Warum nicht weiter so tun, als sei sie vergeben? Jetzt muss nur noch ein Bräutigam her …
Temporeich, witzig und romantisch ist Jana Sonntags Debütroman über die manchmal verschlungenen Wege der Liebe.

05/2080/01/L

Sibel Susann Teoman

Türkischer Mokka mit Schuss

Roman. 256 Seiten. Serie Piper

Liberal hin oder her – Melda, eine junge Türkin in Deutschland, bekommt von ihren Eltern einen Heiratskandidaten präsentiert: den todlangweiligen Arzt Ali. Dabei hat sie doch schon längst ein Auge auf den attraktiven Jan geworfen! Melda beschließt, ernsthafte Maßnahmen zu ergreifen und ihren Eltern eine Lektion zu erteilen – wofür hat schließlich ihre beste Freundin Pelin Voodoo von der Oma gelernt? Doch das Experiment gerät außer Kontrolle, und es droht alles aufzufliegen …
Ein turbulenter Roman über die Liebe und ihre Nebenwirkungen.

05/2078/01/R

Silke Neumayer

Herz laß nach

Roman. 224 Seiten. Serie Piper

Gerade zweiunddreißig geworden – und schon wieder Single. Charlotte Berg ist mittlerweile Expertin in Sachen »Wie verliebt man sich in den falschen Mann«. Neuerdings hat es ihr Jonas, der attraktive Verlobte ihrer besten Freundin Nina, schwer angetan, und sie fühlt sich natürlich grauenvoll. Und ausgerechnet sie ist die Trauzeugin! Dann muß sie auch noch mit zu den Hochzeitsvorbereitungen nach Italien. Dort trifft sie auf den Trauzeugen Mischa, der sie immer so merkwürdig ansieht ...
Überraschend endet dieser rasante Roman über die Liebe und über ein Herz, das zwei Nummern zu groß ist.

05/2020/01/L

Sybille Schrödter

Märchenprinzen, Mütter und andere Katastrophen

2×13 gemeine Geschichten. 400 Seiten. Serie Piper

Welche Frau träumt nicht von ihm, dem Traummann, dem Ritter auf dem weißen Pferd, dem Seelenpartner! Und was stellen wir nicht alles an, um ihm endlich zu begegnen! Quälen uns im Fitneßstudio, schlagen uns in den angesagtesten Bars die Nächte um die Ohren ... Dagegen sind Mütter immer da – und was tut man nicht alles, um ihnen zu entfliehen: Ann-Christin nimmt Reißaus in die Abspeckklinik, und Clarissa fährt bis ans Ende der Welt.
In zweimal dreizehn erfrischend gemeinen Geschichten berichtet Sybille Schrödter von Männern und Müttern – die wir lieben und die uns dennoch das Leben schwer machen ...

05/2018/01/R

Kim Schneyder

Frauen rächen besser

Roman. 224 Seiten. Serie Piper

Als Heike ihren Freund Robert in flagranti mit seiner Sekretärin erwischt, steht eines fest: So einfach kommt er nicht davon! Heike schmiedet einen infamen Racheplan und flüchtet mit ihren beiden besten Freundinnen in einen All-inclusive-Ferienclub. Dort trifft sie zwar schräge Leute und erlebt – eher peinliche – Abenteuer, vor allem aber will sie eines wissen: Gibt es noch Männer auf der Suche nach ihrer Traumfrau, am besten eine Blondine mit gesundem Appetit? Die Antwort liegt näher, als sie gedacht hätte …

05/2017/01/L

Susanne Mischke

Das dunkle Haus am Meer

Roman. 269 Seiten. Serie Piper

Aus Mangel an Beweisen wurde ihr Freund Paul im Mordfall an der jungen Frau freigesprochen. Helen vertraut ihm, und jetzt möchte sie in Saint-Muriel, in ihrem einsamen Haus an der wildromantischen bretonischen Küste, nur noch die Schrecken des letzten Jahres hinter sich lassen. Doch um das dunkle Haus am Meer ranken sich Gerüchte und uralte Geschichten, und auch Paul und Helen holt die Vergangenheit schneller ein, als ihnen lieb ist …
Susanne Mischkes neuer, schaurig schöner Kriminalroman.

»Eine faszinierende schlüssige Geschichte, kunstvoll erzählt. Nicht nur für Bretagnesüchtige.«
Buchkultur

05/1666/01/R

SERIE PIPER